Birgit Pauls

Die Tote am Mast

2. vollständig überarbeitete Auflage

Birgit Pauls

Die Tote am Mast

Bibliografische Information der Deutschen Nationalbibliothek: Die Deutsche Nationalbibliothek verzeichnet diese Publikation in der Deutschen Nationalbibliografie; detaillierte bibliografische Daten sind im Internet über www.dnb.de abrufbar.

ISBN 978-3-7412-0558-3
zweite vollständig überarbeitete Auflage

© Birgit Pauls 2019

Herstellung und Verlag:
BoD – Books on Demand, Norderstedt

Covergestaltung:
Birgit Pauls mit BOD Easy Cover
Foto: Birgit Pauls

Für Bootsbaumeister Kai,
in dessen Werkstatt immer so schöne Dinge entstehen
und mit dem man so gut Seemannsgarn spinnen kann

De Fundsaak

Nu harrn se dat meist schafft. De rode Klint leeg vörut. Na een lange Törn vun Föhr freute sik de Besatzung vunne Summerwind op dat Inloopbeer inne Helgolänner Süüdhaven. De Frünnen Fred un Thorsten weern bi Mützenweller to de letzte Törn in dit Johr loskomen. De Utfohrtsdamper na Büsum weer se al in de Mööt kamen. Denn wurr dat Eiland teemlich leerdig ween.

So laat inne Oktober weern blots noch wenig Boed ünnerwegens. De gröötste Deel weer al in't Winterlager. So weern de Seilers ni överrascht, man blots een Boot inne Haven to seen, as se rund de Mool kemen. Dor weer de Dunja ut Büsum, een Yacht, de dat heele Johr in't Water bleev.

Fred un Thorsten muchen Tamme, de Skipper vunne Dunja, girn. Doch hapten se, dat he allen oder mit Frünnen un ahn sien Bratkartüffel-verhältnis Hedwig ünnerwegens weer.

Hedwig weer jümmers muulsch un schaffte dat, jedeen Drapen kaputt to maken. Wenn se mit an Bord weer, wurr se de Besök fix vunne Dunja verjagen un Tamme dorvs ok ni lang to se röverkomen. Oder wenn he dat dee, wurr Hedwig na korte Tied schaffuternd vör se stahn un Tamme to sik op't Boot torückropen.

Die Fundsache

Nun hatten sie es fast geschafft: Der rote Felsen lag vor ihnen. Nach einem langen Törn von Föhr freute sich die Besatzung der Sommerwind auf das Einlaufbier im Helgoländer Südhafen. Die Freunde Fred und Thorsten waren bei bestem Wetter zum letzten Törn in diesem Jahr aufgebrochen. Die Seebäderschiffe in Richtung Büsum waren ihnen schon entgegengekommen. Damit würde die Insel relativ leer sein.

So spät im Oktober waren nur noch wenige Boote unterwegs. Die meisten waren schon im Winterlager. Daher waren die Segler nicht überrascht, nur ein einziges Boot im Hafen zu sehen, als sie die Mole umrundeten. Es war die Dunja aus Büsum, eine Segelyacht, die ganzjährig im Wasser blieb.

Fred und Thorsten mochten Tamme, den Eigner der Dunja, gern. Allerdings hofften sie, dass er allein oder zumindest nur mit Freunden und ohne seine Lebensgefährtin Hedwig unterwegs war.

Hedwig war immer schlecht gelaunt und schaffte es, jedes Treffen zu torpedieren. Wenn sie mit an Bord war, würde sie Besuch schnell von der Dunja vertreiben und Tamme dürfte auch nicht lange zu ihnen rüberkommen. Oder wenn er es täte, würde Hedwig nach kurzer Zeit keifend vor ihnen stehen und Tamme zu sich aufs Boot zurückrufen.

Mennig Lüüd fraagten sik, wat Tamme bi Hedwig heel, denn ni nich harr man ehr gniggern sehn.

Keen een wuss, wokeen se weer un woneem se keem. Da schiente, as of se vun't Heven fullen wer. Jichtenswann weer se in Büsum opduukt, harr anfungen, bi de Seehundstaschoon in Friedrichskoog to arbeiden. Kort dorna weern se un Tamme 'n Paar.

Tamme makte al siet Johren keen bliede Indruck mehr, man jichtenswat heel em bi disse Fruu.

De Havenmeester harr se över Funk de Leegeplatz achter de Dunja towiest. Also würrn se glieks weeten, wokeen dor an Bord weer.

Als se dichter rankeemen, wunnerten se sik över de Mast vunne Dunja. Dat schiente, as bummelte dor 'n Sack. Kort bevör se an se's Leegeplatz ankeemen, verfehrte sik Fred un blökte:

„Dor hangt 'n Minsch anne Mast!"

Gau makten se dat Boot fast un Thorsten keek genauer henn. Wohrhaftig! He nehm de Wietkeiker, to mehr to sehn. Enn Fru hung dor mit 'n Lien rund de Hals. Se schiente doot to ween.

„Roop de Rettungsdeenst mit dien Ackersnacker!", blökte he na Fred. „Ik funk de Havenmeester an."

Viele fragten sich, was Tamme bei Hedwig hielt, denn niemals hatte man sie je lachen gesehen.

Niemand wusste, wer sie war und woher sie kam. Es war, als sei sie vom Himmel gefallen. Irgendwann war sie in Büsum aufgetaucht, hatte angefangen bei der Seehundstation in Friedrichskoog zu arbeiten. Kurz danach war sie mit Tamme zusammen.

Tamme machte schon seit Jahren keinen glücklichen Eindruck mehr, aber irgendetwas hielt ihn bei dieser Frau.

Der Hafenmeister hatte ihnen über Funk den Liegeplatz hinter der Dunja zugeteilt. Also würden sie bald wissen, wer dort an Bord war.

Als sie näherkamen, wunderten sie sich über den Mast der Dunja. Es schien, als baumelte dort ein Sack. Kurz bevor sie den Liegeplatz erreicht hatten, schrie Fred vor Entsetzen auf:

„Da hängt ein Mensch am Mast!"

Schnell machten sie das Boot fest und Thorsten sah genauer hin. Tatsächlich! Er nahm das Fernglas, um mehr zu sehen: Eine Frau hing dort mit einer Leine um den Hals. Sie schien tot zu sein.

„Ruf den Rettungsdienst mit Deinem Handy!", rief er Fred zu. „Ich funke den Hafenmeister an."

En Doktor weer gau dor. Man he kunn ok blots noch faststellen, dat de Fru doot weer. Se weer wohl vör 'n poor Stünnen krepeert, ophungen an dat Grootfall.

Wokeen weer se? Fred un Thosten kennten ehr nich. Ok de Havenmeester kunn sik nich besinnen, dat he ehr mal op een Schipp inne Haven sehn harr.

Woneem weer Tamme?

Ein Arzt war schnell zur Stelle. Er konnte allerdings nur noch den Tod der Frau feststellen. Sie war vermutlich einige Stunden zuvor gestorben, erhängt am Großfall.

Wer war sie? Fred und Thorsten kannten sie nicht. Auch der Hafenmeister konnte sich nicht daran erinnern, sie auf einem Schiff im Hafen gesehen zu haben.

Wo war Tamme?

Möörderkind – 1976

Wat harr se verbrocken, dat se mit so een Blag straaft wurr? Mascha weer vertwiefelt. Se weer knapphandig inne School inbestellt wurrn. De Schooldeirektor wull mit ehr snacken. Wat harr Ruslana nu wedder utfreeten? Se wer een asiget Kind.

Womöglich harr se op ehr Grotmotter hörn schult un dat Kind wegmaken laaten. Ne, so wat schull se nich över ehr Dochter denken, schimpte se mit sik. Se weer blied, dat Kind to hem. Dat wurr ehr eenziget blieven, denn na de swore Geboort, kunn se keen Kinner mehr kriegen, harr de Doktor ehr verklaart.

Un dorüm harr se bi dat Urköörn vunne Vadder beter oppassen schult, sackererte Grotmodder jümmers, wenn Mascha mit ehr Loos untofreeden weer.

Se weer jung ween. Ruslan weer smuck, as se em to'n eersten Mal oppe Markt dreep. He keem nich ut de Gegend, weer als Soldaat inne Kasern inne Oort ünnerbröcht. Se smusselten sik an een warme Fröhjohrsavend to Spazeern to gahn. Mascha weer glücklich: Dat eerste Mal in ehr Leeven keek een Mann no ehr – un denn ok glieks noch so'n smucke een. De Deerns ut ehr Schoolklass harrn al lang friet, man Mascha weer noch jümmers allen. De bannig grote Muusplack in ehr Gesich vergruulte all. Ruslan bröchte Rükels mit, weer fründlich to ehr, swögte.

Mörderkind – 1976

Was hatte sie getan, dass sie mit so einem Kind gestraft wurde? Mascha war verzweifelt. Sie war kurzfristig in die Schule bestellt worden. Der Schulleiter wollte mit ihr sprechen. Was hatte Ruslana nun wieder angestellt? Sie war ein schreckliches Kind.

Vielleicht hätte sie auf ihre Großmutter hören und das Kind abtreiben lassen sollen. Nein, so etwas sollte sie über ihre Tochter nicht denken, schalt sie sich. Sie war froh, das Kind zu haben. Es würde ihr einziges bleiben, denn nach der schweren Geburt würde sie keine Kinder mehr bekommen können, hatte der Arzt ihr gesagt.

Und deshalb hätte sie bei der Wahl des Vaters besser aufpassen sollen, schalt Großmutter sie immer, wenn Mascha mit ihrem Schicksal haderte.

Sie war jung gewesen. Ruslan sah gut aus, als sie ihn zum ersten Mal auf dem Markt traf. Er kam nicht aus der Gegend, war als Soldat in der Kaserne im Ort untergebracht. Sie verabredeten sich an einem warmen Frühlingsabend zum Spaziergang. Mascha war glücklich: Zum ersten Mal in ihrem Leben interessierte sich ein Mann für sie – und dann noch ein so gutaussehender. Ihre Klassenkameradinnen waren längst verheiratet, doch Mascha war noch immer allein. Der riesige Leberfleck in ihrem Gesicht schreckte alle ab. Ruslan brachte Blumen mit, war freundlich zu ihr, machte ihr Komplimente.

Mascha weer so blied und so platt vun ehr Föhlen, dat se allns toleet, wat Ruslan vun ehr wull. As se na Huus lepen un enn wiedere Dropen inne neegste Week utmakten, weer se keen Jumpfer mehr.

Inne neegste Week töövte Mascha vergebens. Ruslan keem nicht. Weer un weer leep se to de afmakte Steed, sluurte in de Neegte vunne Kasern rüm, hopte em dör Tofall to dropten. Man he dückte nich mehr op.

Se weer vertwiefelt, leet sik gahn un stoppte alls Snuptüch, dat se blots finnen kunn, in sik rin. Dorbi sammelte se sil ordig wat op de Rippen. Jichtenswann markte se, dat dat nich blots de Zucker weer, de ehrn Buuk so pummelig makte. Dor weer se all inne sömbte Monat.

De Sipp radete ehr an, dat Kind liekers wegmaken to laaten oder dat tominst to adopteern frietogeeven, anstatt dat ahn Vadder optotrecken, man Mascha wull ehr Kind beholn. Se weer bang dorför, dat se vunwegen de Muusplack keen anner Mann mehr finnen würr und dormit ok keen anner Kinner mehr kriegen kunn.

As de Lütte dor weer, naamte Mascha ehr na ehrn Vadder, wieldat se ogenschienlich dat smucke Utsehn vun em arvt hatt. Von Maschas Muusplacken weer se to'n Glück in't Gesich verschont bleeven. Blots oppe Rüch war se een Muusplack mit een gediegen Form: Dat weer 'n glickmäßige Steern mit fiet Tacken, de mit de Spitz na ünnen wieste.

Mascha war so glücklich und so überrumpelt von ihren Gefühlen, dass sie alles zuließ, was Ruslan von ihr wollte. Als sie sich trennten und für die darauffolgende Woche wieder verabredeten, war sie keine Jungfrau mehr.

In der nächsten Woche wartete Mascha vergeblich. Ruslan kam nicht. Wieder und wieder ging sie zum vereinbarten Treffpunkt, schlich in der Nähe der Kaserne herum, in der Hoffnung, ihn zufällig zu treffen. Doch er tauchte nicht wieder auf.

Sie war verzweifelt, ließ sich gehen und stopfte alle Süßigkeiten in sich hinein, die sie nur finden konnte. Dabei wurde sie dicker und dicker. Irgendwann musste sie feststellen, dass es nicht nur der Zucker war, der ihren Bauch so dick machte. Da war sie bereits im siebten Monat schwanger.

Die Familie riet ihr, das Kind trotzdem wegmachen zu lassen oder es zumindest zur Adoption freizugeben statt es ohne Vater aufzuziehen, doch Mascha wollte ihr Kind behalten. Sie fürchtete sich davor, dass sie wegen des Leberflecks keinen Mann mehr finden würde und damit auch keine weiteren Kinder bekommen könnte.

Als die Kleine da war, nannte Mascha sie nach ihrem Vater, da sie offensichtlich das gute Aussehen von ihm geerbt hatte. Von Maschas Leberfleck war sie glücklicherweise im Gesicht verschont geblieben. Nur auf dem Rücken hatte sie einen Leberfleck mit einer seltsamen Form: Es war ein gleichmäßiger fünfzackiger Stern, dessen Spitze nach unten zeigte.

Mascha söchte wieder na de Vadder, hopte, dat Ruslan na't Enn vin sien Tied bi't Militär weer to ehr finnen wurr, sik op ehr besinnen dee.

Ruslana weer 'n stuure Kind. Se kunn sik all as gans lütt Kind ni betaamen, maakte alns twei. Inne Kinnergaarn verrumste un tribeleerte se de annen Kinner. Mascha wesselte bi de Uptucht twischen Fündlichkeit un Straafen, man nix un dat ännerte dat Doon vun ehr Dochter.

An Ruslanas veerte Boortsdag kreeg Mascha opletzt Infomaschionen över de Vadder. Ruslan weer hennrichtet wurrn, wieldat he en Reeg vun Fruunslüüd umme Eck bröcht har.

„Nu weetst Du, woneem dat Kind de slechte Natuur hett", sä de Grootmodder, bevör se inne Puch gung. Anne neegste Morn waakte se nich wedder op. Mascha heel to ehr Dochter, man dat full ehr mehr un mehr swor, ehr leev to hem.

Se harr hopt, dat de School Ruslana ännern wurr, avers siet de Inschoolung müss Mascha sik tomindst in elke tweete Week anhörn, was ihr Kind weer utfreten harr.

Hütt müss wat Dulles passiert ween. As Mascha in't Büro vunne Schooldirektor keen, töövten dor all 'n Dutt Schandarmen und enn Keerl in een mächtigdekoreerte Uniform op er. Mascha verfeerte sik.

Mascha suchte weiter nach dem Vater, hoffte, dass Ruslan nach Ende seiner Militärzeit wieder zu ihr finden würde, sich an sie erinnerte.

Ruslana war ein schwieriges Kind. Sie hatte schon als Baby eine unbezähmbare Zerstörungswut. Im Kindergarten schlug und quälte sie die anderen Kinder. Mascha wechselte bei der Erziehung zwischen Freundlichkeit und Strafen, doch nichts von dem änderte das Verhalten ihrer Tochter.

An Ruslanas viertem Geburtstag erhielt Mascha endlich Informationen über den Vater. Ruslan war wegen Mordes an mehreren Frauen verurteilt und hingerichtet worden.

„Nun weißt Du, woher das Kind den schlechten Charakter hat", sagte die Großmutter bevor sie ins Bett ging. Am nächsten Morgen wachte sie nicht mehr auf. Mascha hielt zu ihrer Tochter, doch es fiel ihr immer schwerer, sie zu lieben.

Sie hatte gehofft, dass die Schule Ruslana ändern würde, doch seit der Einschulung musste sich Mascha mindestens in jeder zweiten Woche anhören, was ihr Kind wieder angestellt hatte.

Heute musste etwas Schwerwiegendes geschehen sein. Als Mascha das Büro des Schulleiters betrat, warteten dort mehrere Polizisten und ein Mann in einer hochdekorierten Uniform auf sie. Mascha erschrak.

De Schooldirektor gung mit 'n een eernst Gesich na Mascha henn.

„Dat hett 'n Dode geeven", sä he.

Masch blaarte un sackte inne Knee.

„Mien Kind! Wat is passeert? Wodennig sturv se?"

„Se wurr kooldblöödig afmurkst."

De Schooldirektor verpuustete.

„De Schoolmeesterin meen ik."

Verbiestert keek Mascha em an.

„Sees Dochter hett hütt 'n Schoolmeesterin vun disse School ümme Eck bröcht. De Schoolmeesterin weer swinnelig. Ruslana boo ehr an 'n Glas Water to hooln. Kort nadem de Schoolmeesterin drunken harr, gung se vor Pien bölkend inne Knne. De Doktor kunn se nich mehr ruthelpen. Ruslana hett ehr lüttmake Glasschören in't Water mischt."

„Dat is ni wahr", stamerte Mascha.

„Se hett da all ingestahn un is stolt dorop", sä de Keerl inne Uniform.

Mascha full in de Swiem.

Der Schulleiter ging mit ernstem Gesicht auf Mascha zu.

„Es hat eine Tote gegeben", sagte er.

Weinend brach Mascha zusammen.

„Mein Kind! Was ist passiert? Wie ist sie gestorben?"

„Sie wurde kaltblütig ermordet."

Der Schulleiter machte eine Pause.

„Die Lehrerin meine ich."

Verwirrt sah Mascha ihn an.

„Ihre Tochter hat eine Lehrerin dieser Schule ermordet. Es war warm heute. Die Lehrerin hatte einen Schwindelanfall. Ruslana erbot sich, ihr ein Glas Wasser zu holen. Kurz nachdem die Lehrerin getrunken hatte, brach sie schreiend vor Schmerzen zusammen. Der Arzt konnte sie nicht mehr retten. Ruslana hat ihr zerstoßenes Glas in das Wasser gemischt."

„Das ist nicht wahr", stammelte Mascha.

„Sie hat es bereits zugegeben und ist stolz darauf", sagte der Mann in der Uniform.

Mascha wurde ohnmächtig.

As se weer to sik keem, keek de Schooldirekor duersam na ehr henn: „Ruslana is all weg. Dat wurr besloten, ehr in een Heim för swor to ertreckende Kinner ünnertobringen. Se warrn ehr in Tokunft nich weersehn. Söken Se nich na ehr. Ses Dochter ward 'n niege Naam bekomen, dormit Se ehr nich finnen. Avers glööven Se mi – dat is better för all."

Als sie wieder zu sich kam, schaute der Schulleiter sie mitleidig an: „Ruslana ist schon weg. Es wurde beschlossen, sie in einem Heim für schwer erziehbare Kinder unterzubringen. Sie werden sie in Zukunft nie wiedersehen. Suchen Sie nicht nach ihr. Ihre Tochter wird einen neuen Namen bekommen, damit Sie sie nicht finden. Aber glauben Sie mir – es ist besser für alle."

Weg ut de Engde

Lange Tied weer Rixa nich in Düütschland wesen. Anners as de annern Deerns ut ehr Klass harr se na de School nich forts friet oder een Utbillung inne Gegend makt. Ehr Öllern leeten ehr woll keen Abitur maken, man se schaffte dat liekers, ehr Drööme wohr to maken.

Genau as ehr Öllern dat wulln, söchte se na de teinte Klass na een Lehrsteed inne Gegend, schreev aver ok still Bewarven in anner Bunneslänner, dormit se tominst de Lehrsteed kreeg, de se sik wünschte un nich dat nehmen müss, wat ehr Vadder för ehr utsöcht harr.

Dat klappte: Ehr Vadder wull ehr bi de Sporkass inne Oort as Lehrling ünnerbringen un harr ok al alls mit de Naver, de de Baas von de Twiegsteed weer, regelt. Rixa schull blots noch een Schrieven opstetten, dat se een Lehrsteed söchte, dorna ein Vorsprecken maken un würr denn de Steed krigen, wenn se dat Vorsprecken nich vollends verseggte.

Wieldat de Vadder bang vör de Eegensinn vun sien Dochter weer, harr he dat Schrieven to Sekerheit sülms opsett un de Ünnerschrift von sien Dochter namaakt, bevör he dat Schrieven persönlich in dat Büro vun sien Naver afgeev. Kort dorna keem de Inlaadung to dat Vorspreeken. Da schiente all in sien Sinn to lopen.

Weg aus der Enge

Lange Zeit war Rixa nicht in Deutschland gewesen. Anders als ihre Klassenkameradinnen hatte sie nach der Schule nicht sofort geheiratet oder eine Ausbildung in der Region gemacht. Ihre Eltern ließen zwar nicht zu, dass sie Abitur machte, aber sie schaffte es trotzdem, sich ihre Träume zu erfüllen.

Entsprechend der Vorgabe ihrer Eltern suchte sie in der zehnten Klasse nach einem Ausbildungsplatz in der Region, schrieb aber auch heimlich Bewerbungen in andere Bundesländer, um zumindest den Ausbildungsplatz zu bekommen, den sie sich wünschte und um nicht den nehmen zu müssen, den ihr Vater für sie vorgesehen hatte.

Es klappte: Ihr Vater wollte sie bei der örtlichen Sparkasse als Auszubildende unterbringen und hatte auch schon mit seinem Nachbarn, der die Zweigstelle leitete, alles geregelt. Rixa sollte nur noch formal eine Bewerbung schreiben, dann ein Vorstellungsgespräch machen und würde die Stelle bekommen, wenn sie im Vorstellungsgespräch nicht komplett versagte.

Da Rixas Vater die Dickköpfigkeit seiner Tochter fürchtete, hatte er sicherheitshalber die Bewerbung selbst geschrieben und die Unterschrift seiner Tochter gefälscht, bevor er die Bewerbung persönlich im Büro seines Nachbarn abgab. Kurz darauf kam die Einladung zum Vorstellungsgespräch. Es schien alles in seinem Sinne zu laufen.

Man Rixa wull weg vun tohuus, mehr sehn as de Minschen inne Gegend bi een Deern toleeten. Oeverto wull se sik sülms de Macker utsöken, de ehr toseggte und de sie leev harr.

Dor wo se wahnte, weer dat noch jümmers gang un geev, dat de Öllern den Keerl utsöchten. Nu weer dat nich so, dat as in't Middelöller inne eersten Leevensjohr al de passenden Verdrääge sloten wurrn, de Kinner sik kort dorna versproken und lang bevor se utwussen weern mitnanner verheratet wurrn.

Man ok hier in Düütschland inne tweete Hälfde vun't twinnigste Johrhunnert planten de Öllern bitieden de Verbinnungen, de dat sien schulln. Se schafften dat meist indem se anfungen mit utsöchte Inlaadungen to Kinnerboortsdage, Utsöken vunnen passenden Speelkameraden und later dör dat Stüüern von Dropen op de Dörpsfeste un de richtige Dischörnen de vörsehen Paare tohoop to bringen.

Rixas Plaan funkschioneerte: Sie blameerte sik bi't Vorspreeken, wiedat de Naver tögerte, ehr een Lehrsteed antobeeden. Ehr Warven bi een bannig goode Hotel in Franken harr Erfolg. Se wurr to;'n Vörspreeken inlaadet. Disse Informaschion leet se de Naver över de hiesigen Klatschwiever tokommen, bevör se ehr Öllern Bescheed seggte.

De Naver övertüügte de Vadder, dat dat beter weer, wenn Rixa ehr Lehr in disse feine Hotel maken wurr.

Doch Rixa wollte weg von zuhause, mehr sehen als die Menschen in der Gegend einem Mädchen zugestanden. Außerdem wollte sich selbst den Partner aussuchten, der ihr gefiel und den sie liebte.

An ihrem Wohnort war es noch immer üblich, dass die Eltern den Ehepartner bestimmten. Nun war es nicht so, dass wie im Mittelalter schon in den ersten Lebensjahren entsprechende Verträge geschlossen, die Kinder kurz danach miteinander verlobt und lange vor Eintreten der Volljährigkeit miteinander verheiratet wurden.

Doch auch hier im Deutschland in der zweiten Hälfte des zwanzigsten Jahrhunderts planten die Eltern frühzeitig die gewünschten Verbindungen. Sie schafften es meist beginnend durch gezielte Einladungen zu Kindergeburtstagen, Aussuchen der passenden Spielkameraden und später die Steuerung durch Treffen auf Dorffesten und die richtige Sitzordnung bei anderen Gelegenheiten, die gewünschten Paare zusammenzubringen.

Rixas Plan ging auf: Sie patzte im Vorstellungsgespräch, weshalb der Nachbar zögerte, ihr einen Ausbildungsplatz anzubieten. Ihre Bewerbung bei einem Top-Hotel in Franken war erfolgreich. Sie wurde zu einem Vorstellungsgespräch geladen. Diese Information ließ sie über die Klatschtanten des Ortes dem Nachbarn zukommen, bevor sie die Eltern informierte.

Der Nachbar überzeugte den Vater davon, dass es besser sei, wenn Rixa ihre Ausbildung in diesem Tophotel machte.

Denn kunnen de Öllern womöglich regelmatig dor prieswerte Urlaub maken un de Dochter müss de Öllern in't Öller mit Geld uthölpen, wenn de Rente nich langte.

Dat övertüügte de Vadder un he leet sien Kind na dat Vörsprecken reisen. Wegen de Utgaven müss se allen fohren, woröver Rixa nich unfro weer.

Mit een Lehrverdraag inne Tasch fohrte se na Huus torüch. Wiedat inne Saison alle Hannen bruukt wuurn, weer ehr na 'n korte Arbeiten op Proov anboden wurrn, all vör de Lehrtied mit dat Arbeiden antofangen. Wahnen wurr se in disse Tied – wie ok wieldes se inne Lehr weer – in een lüttje möbleerte Stuuv, de ehr de Betriev to Verfögung stellte.

Een Week na ehr Vörsprecken gung Rixa in ehr nieget Leeven. Op de Weg na de Bahnhoff leet se sik in Gedanken noch mal all de möglichen Keerls vör ehr Oogen langlopen – dormit meente se all Manslüüd in ehr Öller oder noch öller – un weer froh, vör de un ehr Öllen flüchtet to ween.

„Geisterbahn hett Utgang", harr se betlang jümmers dacht, wenn ehr Öllern een möögliche Kandidaat lövten.

„Kann ik di bi't Dreegen hölpen?", hörte se een Stimm achter sik, Rixa dreihte sik um un seeg 'n Jung, de dree oder veer Johr jünger weer as se.

Dann könnten die Eltern womöglich regelmäßig sehr preisgünstigen Urlaub machen und die Tochter müsste die Eltern im Alter finanziell unterstützen, wenn die Rente nicht ausreiche.

Dies überzeugte den Vater und er ließ sein Kind zum Vorstellungsgespräch reisen. Aus Kostengründen musste sie allein fahren, worüber Rixa nicht traurig war.

Mit einem Ausbildungsvertrag in der Tasche fuhr sie nach Hause zurück. Da in der Saison jede Arbeitskraft gebraucht wurde, hatte sie nach kurzen Probearbeiten das Angebot bekommen, schon vor der Ausbildung mit der Arbeit zu beginnen. Wohnen würde sie in dieser Zeit- wie auch während der Ausbildung – in einem kleinen möblierten Zimmer, das ihr der Arbeitgeber zur Verfügung stellte.

Eine Woche nach ihrem Vorstellungsgespräch startete Rixa in ihr neues Leben. Auf dem Weg zum Bahnhof, ließ sie in ihren Gedanken noch einmal die ganzen potenziellen Ehemänner – damit meinte sie die jungen Männer in ihrem Alter oder älter – Revue passieren und war froh ihnen und ihren Eltern entkommen zu sein.

„Geisterbahn hat Ausgang", hatte sie bislang jedes Mal gedacht, wenn die Eltern einen möglichen Kandidaten anpriesen.

„Kann ich Dir tragen helfen?", hörte sie eine Stimme hinter sich. Rixa drehte sich um und sah einen Jungen, der drei oder viel Jahre jünger war als sie.

Tamme weer de Broder vun een Klassenkamerodin, de Rixa nich much.

De Dag weer warm und de Bagage schwor. Korterhand nehm Rixa dat Angebot an.

Erst leep de Jung swiegend neben ehr her. Rixa keek em vunne Siet an. He schiente jüst inne Pubertät to komen. Anners as de annern hier wurr he mal 'n smuck utsehende Mannsbild warrn.

Na 'n Tied stellte he Fraagen, de Rixa baff makten. He harr sik al veele Gedanknen över sien Tokunft maakt, jankte na de Afsltut vunne School, wiedat he denn ut de Oort verswinnnen wull. Un he fraagte Rixa, wodennig se dat anstellt harr, een Lehrsteed so wiet weg to kriegen. Rixa anterte em ehrlich op sien Fraagen.

As se sik vunn Tamme verafscheedete un innte Tog klatterte, leet se 'n lütt bet de Flünken hangen. Em wurr se vermissen. He harr de richtigte Instellung un weer open für Nieges inne Welt, as se sik dat vun een Mannsbild wünschte.

Doch denn makte se dat Denken een Enn. „Tamme is veel to jung för di", weer de Satz, mit de se dat Thema afslot.

Dördig Johr weern siet disse Tag vergahn. Rixa weer inne Welt rumkommen, harr goote Arbeid maakt, man wenig Friitied hatt.

Tamme war der Bruder einer Klassenkameradin, die Rixa nicht mochte.

Der Tag war warm, das Gepäck war schwer. Spontan nahm Rixa das Angebot an.

Erst ging der Junge schweigend neben ihr her. Rixa betrachte ihn von der Seite. Er schien gerade in die Pubertät zu kommen. Anders als die anderen hier würde er mal ein gutaussehender Mann werden.

Nach einiger Zeit stellte er Fragen, die Rixa überraschten. Er hatte sich schon viele Gedanken um seine Zukunft gemacht, wartete sehnsüchtig auf seinen Schulabschluss, weil er dann aus dem Ort verschwinden wolle. Und er fragte Rixa, wie sie es angestellt hätte, einen Ausbildungsplatz so weit entfernt ergattern. Rixa antworte ihm offen auf alle seine Fragen.

Als sie sich von Tamme verabschiede und in den Zug stieg, war sie ein wenig traurig. Ihn würde sie vermissen. Er hatte die geistige Einstellung und die Weltoffenheit, die sie sich von einem Mann wünschte.

Doch dann beendete sie diesen Gedankengang: „Tamme ist viel zu jung für dich", war der Satz in ihrem Kopf, mit dem sie das Thema abschloss.

Über reißig Jahre waren seit diesem Tag vergangen. Rixa war in der Welt herumgekommen, hatte gute Arbeit geleistet, aber wenig Freizeit gehabt.

Tied für Kontakte oder 'n Leevsten harr se bi ehr veele Flütten nich. Se weer noch jümmers alleen.

Eenzig in ehr Tied of Mallorca haar se een Leevensdroom wohr makt un dor seilen leernt.

Wieldess weern ehr Öllern sturven. Rixa harr dat Huus arvt. Wiedat se in ehr Beropsleven veel Geld anspoort harr, weer ehr de Entscheedung, in ehr Tohuus torüchtogahn un dor 'n Halvdagssteed antonehmen, licht fulln.

An ehr tweete Arbeitsdag keem en Angestellte vun een Toleeverer in ehr Büro. He keen ehr abasig bekannt vör. Ok de Mannsminsch keek ehr, nieschierig an, sä aver nix.

Erst als ehr Baas reep: „Tamme, kümmst du?" dreite de Keerl sik üm un gung weg.

Rixa harr weeke Knee.

Partnerschaften waren bei ihrem vielen Umzügen auf der Strecke geblieben. Sie war noch immer Single.

Einzig in ihrer Zeit auf Mallorca hatte sie einen Lebenstraum wahrgemacht und dort segeln gelernt.

Inzwischen waren die Eltern gestorben, Rixa hatte das Haus geerbt. Da sie in ihrem Berufsleben einiges an Geld angespart hatte, war ihr die Entscheidung leichtgefallen, in ihren Heimatort zurückzugehen und dort eine Halbtagsstelle anzunehmen.

An ihrem zweiten Arbeitstag betrat ein Mitarbeiter eines Lieferanten ihr Büro, der ihr seltsam bekannt vorkam. Auch der Mann schaute sie forschend an, sagte aber nichts.

Erst als ihr Chef rief: „Tamme, kommst du?" drehte der Mann sich um und ging.

Rixa hatte weiche Knie.

Tamme

De Besök inne Badeanstalt un inne Sauna harr em goot dahn. Tamme freute sik, dat he inne Badeanstalt gahn weer, kort bevör de Utfohrtsdamper ankomen weern. Nadem he 'n goote Enn swummen weer, harr he inne Sauna röverwesselt.

Tamme genot de Ruh alleen mit sien Boot op sien leevste Eiland.

Siet 'n Tied harr he 'n Liason mit Rixa. He harr ehr leev, weer een Nach in jedeen Week bi ehr. Man se wull mehr, wull mit em utgahn un mit em in Urlaub fohrn.

He dee sik swoor, denn he weer al lang mit Hedwig tohoop. Doch mehr ut Wennst denn ut Leevde. Un ehr ewige Rappel störte em. Rixa weer meist vergnöögt. Af un an blaarte se ok, wenn he ehr Beeden afwieste, wieldat he wegen Hedwig nich mit ehr verreisen kunn.

Man dat full em swoor, Hedwig sitten to laaten. Se weern al lang tosomen un se harr keeneen sünst. Keen Sipp un kenn Frünnen. Tamme spekuleerte: Weer he jichtenswann mal een ut Hedwigs Sipp wies wurn? Ne, ehr Öllern weern al doot, as se sik dat eerste Mal dreepen. Bröder un Süstern harr se keen.

Tamme süfzte. He wurr wohl alns belaaten as dat weer, denn he weer bang vör Hedwigs Koller, wenn he nich na

Tamme

Der Besuch in Schwimmbad und Sauna hatte ihm gutgetan. Tamme war froh darüber, dass er kurz vor Ankunft der Seebäderschiffe ins Schwimmbad gegangen war. Nachdem er beim Schwimmen eine gute Strecke zurückgelegt hatte, war er in die Sauna gewechselt.

Tamme genoss die Ruhe allein auf seinem Boot auf seiner Lieblingsinsel.

Seit einiger Zeit hatte er ein Verhältnis mit Rixa. Er liebte sie, verbrachte eine Nacht pro Woche mit ihr. Doch sie wollte mehr, wollte mit ihm ausgehen und mit ihm in Urlaub fahren.

Er tat sich schwer, denn er war schon lange mit Hedwig zusammen. Allerdings mehr als Gewohnheit als aus Liebe. Und ihre ständige schlechte Laune nervte ihn. Rixa war meist fröhlich. Manchmal weinte sie aber auch, wenn er ihre Wünsche abwies, weil er wegen Hedwig nicht mit ihr verreisen konnte.

Doch es fiel ihm schwer, Hedwig zu verlassen. Sie waren schon lange zusammen und sie hatte niemanden außer ihm. Keine Familie und keine Freunde. Tamme dachte nach: Hatte er jemals jemanden von Hedwigs Familie kennengelernt? Nein, ihre Eltern waren schon tot, als sie sich das erste Mal trafen. Geschwister hatte sie nicht.

Tamme seufzte. Er würde wohl alles belassen, wie bisher, denn er fürchtete auch Hedwigs Wutausbrüche, wenn er ehr Nääs danzte. Un de Koller würr sachs kamen, wenn he ehr sitten leet. He haapte, dat he Rixa noch wieder vertrösten kunn.

Tamme keek op de Klock. De Utfohrtsdamper weern nu wech. Dat wurr Tied, wedder op't Boot torüchtogahn. Hüüt avend wull he Eeten gahn. Womööglich weern noch anner Seilers inne Haven, de mit em mitgungen.

As he na de Haven gung, wunnerte he sik: De Havenstraat weer an't Havenbecken afsparrt. Schandarmen un 'n Süükenauto stunnen bi sien Schipp. As he neeger keem, tippte de Havenmeester enn Schandarm an un wieste op Tamme.

De Schandarm gung na em henn, fraagte na sien Naam. As Tamme de seggte, nickkoppte he blots.

„Ik mutt mit di snacken", sä de Schandarm un bröchte em na dat Boot vunne Waterschutzpolizei.

Tamme wuur hibbelig, wull weeten, wat mit sien Boot los weer. Man he wurr nix wies, em wurrn blots Fraagen stellt. Gediegene Fraagen.

He markte, dat de Schandarmen untofreden weern. Dat geev 'n Geheemnis, dat se em nich vertellen wulln. Un dat harr mit sien Boot to dohn.

Se leeten em nich weg. He durvs nich na sien Boot henn. Tamme hörte 'n Reeg Dwarsmöhlen lannen, seech Minschen mit Utrüstung utstiegen un na sien Boot

nicht nach ihrer Nase tanzte. Und die würden sicher kommen, wenn er sie verließ. Er hoffte, dass er Rixa noch weiter vertrösten könnte.

Tamme schaute auf die Uhr. Die Seebäderschiffe waren nun weg. Es wurde Zeit, wieder aufs Boot zurückzugehen. Heute Abend wollte er essen gehen. Vielleicht waren noch andere Segler im Hafen, die ihn begleiten würden.

Als er zum Hafen ging, wunderte er sich: Die Hafenstraße war am Hafenbecken abgesperrt. Polizei und Rettungswagen standen bei seinem Schiff. Als er näherkam, tippte der Hafenmeister einen Polizisten an und zeigte auf Tamme.

Der Polizist ging auf ihn zu, fragte ihn nach seinem Namen. Als Tamme ihn nannte, nickte er nur.

„Ich muss mit ihnen reden", sagte der Polizist und führte ihn zum Boot der Wasserschutzpolizei.

Tamme wurde unruhig, wollte wissen, was mit seinem Boot war. Doch er erfuhr nichts, ihm wurden nur Fragen gestellt. Seltsame Fragen.

Er merkte, dass die Polizisten unzufrieden waren. Es gab ein Geheimnis, dass sie ihm nicht sagen wollten. Und es hatte mit seinem Boot zu tun.

Sie ließen ihn nicht weg. Er durfte nicht zu seinem Boot. Tamme hörte mehrere Hubschrauber landeten, sah dass Menschen mit Ausrüstung ausstiegen und zu seinem henngahn. Inne Flimmerkist seech dat in Krimis jümmers so ut, wenn de Spoorenseekerung anrückte.

Na 'n Tied keemen 'n poor mehr Schandarmen an Bord. Se wiesten em een Bild un fraagten em, of he de Fruu kennte.

Tamme verfehrte sik. Dat weer Rixa, man se seech op dat Bild bannig gammelig ut.

Tamme wuss ni, wat he seggen schull. He sä eerst, dat he ehr nich kennte, so dull weer he an dat Verstecken vun sien Leevsten wennt.

De Schandarmen wurren hibbelig. Denn sä Tamme, dat he ehr doch kennte, naamte ehr. Jüst in disse Ogenblick wurr he wies, dat he dat Bild von een Dode ankeek.

Em wurr swatt vör Ogen.

Tamme wurr över Nacht vunne Schandarmen inspaart un de neegsten Dage ok, denn he stunn ünner Mordverdacht.

Boot gingen. In den Fernsehkrimis sah es immer so aus, wenn die Spurensicherung anrückte.

Nach einiger Zeit kamen weitere Polizisten an Bord. Sie zeigten ihm ein Foto und fragten ihn, ob er die Frau kennen würde.

Tamme erschrak. Es war Rixa, aber sie sah auf dem Foto schlecht aus.

Tamme wusste nicht, was er sagen sollte. Er verneinte erst, so sehr war er an das Verstecken seiner Geliebten gewöhnt.

Die Polizisten wurden unruhig. Dann sagte Tamme, dass er sie doch kennen würde, nannte ihren Namen. In diesem Moment wurde ihm klar, dass er auf das Foto einer Toten schaute.

Ihm wurde schwarz vor Augen.

Tamme blieb über Nacht in Polizeigewahrsam und die nächsten Tage auch, denn er stand unter Mordverdacht.

Leevensplanung

„Man kann jüst blots een Kind studeeren laaten."

Tamme weer füünsch, as he dat weer hörte. He weer an't End vunne Middelschool ankomen, wull wieder to School gahn, man de Öllern menten, tein Johr School weern nuch.

Sien Süster harr na de Hauptschool 'n Lehr als Eenzelhandelkoopfruu makt, kort na ehrn achteinsten Bortsdag friet, knapp negen Maande laater dat eerste Kind kreegen un weer nu as Huusfru un Modder bi't Huus. Elkeenmal wenn Tamme dat muffige Gesich vun sien Süster seeg, müss he an Rixa denken. Se harr dat richtig maakt. Wo op de Welt much se wohl ween?

„Aver Claus is so döösbattelig, de schafft dat Abitur doch gar ni", sä Tamme spitterdull.

„Snack nich so slecht över dien Broder", blökte de Modder em en. „Claus ward Medizin studeern un Doktor warrn. Un he wart de Praxis vun unse Doktor övernehmen. De is ja sien Paatenunkel un hölpt em bi't Studeern."

Tamme süfzte. He keem nich gegen sien Öllern an. Dat weer 'n vigeliensche Idee vunne Öllern ween, de Huusarzt, de keen Sipp harr, to'n Paatenunkel vun ses eegen Kind to maken. Unkel Claus stook allns Geld inne

Lebensplanung

„Man kann eben nur ein Kind studieren lassen".

Tamme war wütend, als er wieder hörte. Er war am Ende der Realschule angekommen, wollte weiter zur Schule gehen, aber die Eltern meinten, zehn Jahre Schule seien genug.

Seine Schwester hatte nach dem Hauptschulabschluss eine Lehre zur Einzelhandelskauffrau gemacht, kurz nach ihrem achtzehnten Geburtstag geheiratet, knapp neun Monate später das erste Kind bekommen und war nun als Hausfrau und Mutter zuhause. Jedes Mal wenn Tamme das unzufriedene Gesicht seiner Schwester sah, musste er an Rixa denken. Sie hatte es richtig gemacht. Wo auf der Welt mochte sie wohl sein?

„Aber Claus ist so dumm, der schafft das Abitur doch gar nicht", sagte Tamme empört.

„Rede nicht so schlecht über deinen Bruder", schrie die Mutter ihn an. „Claus wird Medizin studieren und Arzt werden. Und wird er die Praxis von unserem Doktor übernehmen. Der ist schließlich sein Patenonkel und hilft ihm beim Lernen."

Tamme seufzte. Er kam nicht gegen seine Eltern an. Es war ein geschickter Schachzug von den Eltern gewesen, den Hausarzt, der keine Familie hatte, zu Patenonkel ihres eigenen Kindes zu machen. Onkel Claus steckte alles dösige Claus, die sien Paatenunkel sünnerlichwies so liekers seeg, as wenn de sien eegen Vadder weer. Un as Paatensöhn vun een Doktor müss he Medizin studeeren. Tamme fraagte sik af un an, of de Doktor de Schoolmeesters Geld geev, dormit dat Kind goote Noten kreeg.

Em bleev nix anners: Tamme müss runner vunne School, Geld verdeenen, bet je grotjährig weer. Denn weer he frie un kunn dorhenn gahn, wo he wull.

Sien Vadder besorgte em een Lehrsteed oppe Buu as Muurmann. Tamm harr keen Moot dorto, he wull Schippbuu studeern. Avers inne Gegend geev dat keen frieen Lehrsteden inne Gegend in Beroopen, de em in düsse Spoor wieder bringen kunnen. De Vadder harr dat blots hild, dat sien Söhn inne Lehr 'n barg Geld verdeente, dormit he bi de Öllern 'n ordige Kostgeld afgeeven kunn.

De Deerns leepen achter em ran. He weer 'n smucke Mannsbild, wurr bald sien Pröfung maken. De Bedriev wull em beholn, wiedat he akkerate Arbeid maakte. Dormit weer he för de Deerns 'n interessante Kandidaat als Nehrer vun se un de smucken Kinner, de se mit em hem würrn.

He gung mit de eene or anner ut, harr avers nümmers Jieper, sik 'n tweete Mal mit een vunne Deerns to dropen. De weern em slichtweg to döösig, wulln so gau as gung frieen, Kinner inne Welt setten un anne Oort fastwussen

Geld in den dummen Claus, der seinem Patenonkel komischerweise so ähnlich sah, als sei dieser sein eigener Vater. Und als Patensohn eines Arztes muss er natürlich auch Medizin studieren. Tamme fragte sich manchmal, ob der Arzt den Lehrern Geld gab, damit das Kind gute Noten erhielt.

Ihm blieb nichts anderes übrig: Tamme musste die Schule verlassen, Geld verdienen und im Ort bleiben, zumindest bis er volljährig war. Dann war er frei und konnte dahin gehen, wo er wollte.

Seit Vater besorgte ihm eine Lehrstelle auf dem Bau als Maurer. Tamme hatte keine Lust dazu, er wollte Schiffbau studieren. Doch in der Gegend gab es keine freien Lehrstellen in Berufen, die ihn in diese Richtung weiterbringen konnten. Dem Vater war nur wichtig, dass der Sohn schon in der Ausbildung gutes Geld verdiente, damit er ein ausreichendes Kostgeld bei den Eltern abgeben konnte.

Die Mädchen umschwärmten ihn. Er sah gut aus, würde bald seinen Abschluss machen. Der Betrieb wollte ihn behalten, da er sehr gewissenhafte Arbeit machte. Damit war er für die Mädchen ein interessanter Kandidat als Ernährer für sie und die hübschen Kinder, die sie mit ihm haben würden.

Er ging mit der einen oder anderen aus, hatte aber nie Lust, sich zum wiederholten Male mit einem der Mädchen zu treffen. Sie waren ihm schlichtweg zu dumm, wollten schnellstmöglich heiraten, Kinder bekommen

blieven. Tamme harr wat anners vör. He wull de Welt bereisen, am leevsten op smucke Scheepe. Sien Öllern kunnen sien Leevde to Scheep överhaupt nich verstahn, harrn em jedet Mal bi de Büx kreegen, wenn he an't Weeekenen stillkens mit de Fischerslüüd rutfahrn wull. Middewiel harr Tamme opgeeven, sik avers vörnahmen, dat Seilen to lehrn sograat he frie över sien Leeven entscheeden kunn. Geld to een Boot to kopen harr he ok all översport.

Opletzt an een warme Fröhjohrsdag keem sien achteinte Boodsdag. Dat weer 'n Sünnavend, sien Frünnen harrn för de Avend een Party inne Garasch vun 'n Fründ organiseert. Morns stunn Tamme fröh op un sluurte henn na de oole Fischer Lorenz, de sien Kutter all lang verköfft warr, wiedat sien Sööns dat Handwark nich övernehmen wulln. Lorenz harr noch een Seilboot, dat he verkopen wull, wiedat sien Gesundheit em to schaffen maakte, un he blots noch swor alleen seilen kunn.

"Ne, mien Jung", sä Lorenz. „Dat Boot verkoop ik di nich. Du kannst ja noch nich mal seilen. Dormit wurr ik di ümme Eck bringen."

Tanne weer belemmert.

„Överto will ik in disse Saison noch sülmst seilen, ok dorwegen verkoop ik dat Boot noch nich. Man wi können in't Geschäft kommen: Ik bin oold un klapprig, mag nich mehr girn alleen rut.

und mit dem Ort verwurzelt bleiben. Tamme hatte andere Pläne. Er wollte die Welt bereisen, am liebsten auf schönen Schiffen. Seine Eltern konnten seine Liebe zu Schiffen überhaupt nicht verstehen, hatten ihn jedes Mal erwischt, wenn er am Wochenende heimlich mit den Fischern rausfahren wollte. Inzwischen hatte Tamme aufgegeben, sich aber vorgenommen, dass Segeln zu lernen, sobald er frei über sein Leben entscheiden konnte. Geld für den Kauf eines Bootes hatte er schon angespart.

Endlich an einem warmen Frühlingstag kam sein achtzehnter Geburtstag. Es war ein Samstag, seine Freunde hatten für den Abend eine Party in der Garage eines Freundes für ihn organisiert. Morgens stand Tamme früh auf, schlich sich zum alten Fischer Lorenz, der seinen Kutter längst verkauft hatte, weil seine Söhne das Handwerk nicht übernehmen wollten. Lorenz hatte noch ein Segelboot, das er verkaufen wollte, weil ihn seine Gesundheit zu schaffen machte, und er nur noch schwer allein segeln konnte.

„Ne, mein Jung", sagte Lorenz. „Das Boot verkaufe ich dir nicht. Du kannst ja noch nicht einmal segeln. Damit würde ich dich umbringen."

Tamme war enttäuscht.

„Außerdem will ich in dieser Saison noch selbst segeln, auch deswegen verkaufe ich das Boot noch nicht. Aber wir können ins Geschäft kommen: Ich bin alt und klapperig, mag nicht mehr gern allein raus.

Wullt Du af un an mal mit mi rutkomen un dorbi dat Seilen leern? Denn weet ik inne Harvst, of ik di de Dunja anvertruuen kann."

Tamme smusterte na em henn: „Girn!"

Lorenz nickkopte tofreden „Fein, denn fangen wi glieks hüüt mit de Ünnerricht an. Laat uns na dat Boot hengahen. Mien Plünnen müssen di passen, denn bruukst du di nix Warmes vun tohuus holen."

De oole Fischer verkloorte em suutje-getuutje dat Schipp, bevör se afleegten.

Laat anne Namiddag weern se weer torüch. Dat weer de schöönste Burtsdagsgaav, de Tamme jümmers kreegen harr. Bet to'n Harvst wurr he seilen könen, dat weer wiss. Denn weer ok de ungelegen Lehr opletzt afsloten un he kunn endlich na sien Vörstellen leeven.

Tamme kunn noch ni ahnen, dat dat Schicksaal sien Leven noch an disse Dag in ganz anner Spooren stüürn würr ...

Willst du ab und zu mit mir mitkommen und dabei das Segeln lernen? Dann weiß ich im Herbst, ich Dir die Dunja anvertrauen kann."

Tamme strahlte ihn an: „Gerne!"

Lorenz nickte zufrieden: „Gut, dann fangen wir heute gleich an mit dem Unterricht an. Lass uns zum Boot gehen. Meine Klamotten müssten Dir passen, da brauchst du dir nichts Warmes von zuhause holen."

Der alte Fischer erklärte im in aller Ruhe das Schiff, bevor sie ablegten.

Am späten Nachmittag waren sie wieder zurück. Es war das schönte Geburtstagsgeschenk, das Tamme je bekommen hatte. Bis zum Herbst würde er segeln können, da war er sich sicher. Dann war auch die ungeliebte Ausbildung endlich abgeschlossen und er könnte sein Leben endlich nach seinen Wünschen gestalten.

Tamme konnte nicht ahnen, dass das Schicksal sein Leben noch an diesem Tag in ganz andere Bahnen lenken würde ...

Ünnersöken

Dat weer nich eenfach, de Saak to bearbeiden. Vöreerst müssen Fachlüüd vun't Fastland mit se's Kram op dat Eiland inflogen warrn.

Tietglieks versöchte man, möglichst fix fasttostelln, wokeen an disse Dag von't Eiland rünner gahn weer.

Wiedat dat 'n Sünnabend mit veel Sünn wesen weer, weern viele Dagesgäst op't Eiland ween. De Reederieen keeken in 'n Nachtschicht de Zeddeln dör, de vun se's Pasageern utfüllt wurn weern. Ok up de Flugplatz weer veel Verkehr ween. Veel mehr Fleegers as normalerwies weern startet un lannet.

Liekers kunnen se nich rutkriegen, wodennig Rixa op dat Eiland komen weer. Se duukte in keen een Pasageerlist op, ok nich op de vunne Dag bevör.

Man Tamme un ok de Havenmeester swöörten, dat se nich op de Dunja anreist weer.

Wenn Tamme se op sien Schipp mitbröcht hebben schull, so harr he se goot op dat Boot vör de Havenmeester verstocken.

Denn stellte man wat Gediengenes fast: Hedwig weer mit 'n Utfahrtsdamper as Dagesgast op dat Eiland komen. Doch seegten Tamme un de Havenmeester beide, dat se ehr nicht sehen harrn.

Ermittlungen

Es war nicht einfach, den Fall zu bearbeiten. Zunächst mussten Spezialisten vom Festland mit ihrem Material auf die Insel eingeflogen werden.

Gleichzeitig versuchte man schnellstmöglich festzustellen, wer an diesem Tag die Insel verlassen hatte.

Da es ein sehr sonniger Samstag gewesen war, waren viele Tagesgäste auf der Insel gewesen. Die Reedereien werteten in einer Nachtschicht die Zettel aus, die von ihren Passagieren ausgefüllt worden waren. Auch auf dem Flugplatz war reger Verkehr gewesen. Ungewöhnlich viele Flugzeuge waren gestartet und gelandet.

Trotzdem konnte man nicht feststellen, wie Rixa auf die Insel gekommen war. Sie tauchte in keiner Passagierliste auf, auch nicht auf denen der Vortage.

Doch Tamme und auch der Hafenmeister schworen, dass sie nicht auf der Dunja angereist war.

Wenn Tamme sie auf seinem Schiff mitgebracht haben sollte, hatte er sie gut auf dem Boot vor dem Hafenmeister versteckt.

Dann stellte man etwas Seltsames fest: Hedwig war mit einem Seebäderschiff als Tagesgast auf die Insel gekommen. Allerdings behaupteten Tamme und der Hafenmeister beide, sie nicht gesehen zu haben.

Tamme glöövte man dat, denn middewiel harrn de Lüüd vunne Badeanstalt utseggt, dat Tamme de heele Tied lang, as de Dagesgäst op dat Eiland weern, inne Badeanstalt un inne Sauna ween weer.

De Kriminaalers schickten in Büsum fix veer Beamte na de Wahnung vun Hedwig un Tamme.

Bei Tamme war es glaubwürdig, denn inzwischen hatte das Personal des Schwimmbades bestätigt, dass Tamme während der ganzen Zeit, in der die Tagestouristen der Seebäderschiffe auf der Insel waren, im Schwimmbad und in der Sauna gewesen sei.

Die Kripo schickte schnell in Büsum vier Beamte zur Wohnung von Hedwig und Tamme.

Flütten

Dat Huus inne Slachthuusstraat weer all jümmers een Unglückshuus wesen. As de Naam dat anseegte, floot hier veel Blood un an dissse Steed wurr siet veele Jahrteinten sturven. Meist weern dat Dierten wesen, de hier afmurkst wurrn.

De letzte Slachter, de hier sien Bedriev hat harr, harr de Welt all in de 1970er Jahren verlaaten. Sien Arfen harrn dat bloodige Handwark nich wiedermaaken wullt und dat Huus verköfft.

De neegste Besitzer weer de Vorgeschicht vun dat Huus eenerlei. He buute allns to Wahnungen um, de he för goodet Geld an de vermeedete, de sik keen Wahnung in een angenehmere Wahngegend leisten kunnen.

Dat weern de Vertwiewelten, de Strandeten, de hier intreeken müssen. Minschen de de Ruuch na Blood, de hier noch in't Huus hung eenerlei weer, oder eenerlei sien müss – wenn se de denn överhaupt rüükten. Se weern froh, 'n Dack över de Kopp to hem. Jed een fechtete um sien eegen Överleeven. Oppassen, Ümsicht un Raat för de annern geev dat nich.

Een Fruunsminsch schreech ut Vertwieflung. Na ja, ehr Macker verjackelte ehr mal weer. Keen jüst vör ...

To ehrn Dusel schaffte se dat noch sülmst över de Nootroop Schandarmen und Noothelpauto to roopen. Swoor verletzt wurr se jüst noch rechtiedig vunne

Umzug

Das Haus in der Schlachthausstraße war schon immer ein Unglückshaus gewesen. Wie der Name es sagte, floss hier viel Blut und es wurde an dieser Stelle seit vielen Jahrzehnten gestorben. Meist waren es Tiere gewesen, die hier getötet wurden.

Der letzte Schlachter, der hier seinen Betrieb gehabt hatte, hatte die Welt bereits in den 1970er Jahren verlassen. Seine Erben hatten das blutige Handwerk nicht weiterführen wollen und das Haus verkauft.

Dem nächsten Besitzer war die Vergangenheit des Hauses egal. Er baute alles zu Wohnungen um, die er für gutes Geld an die vermietete, die sich keine Wohnung in einer angenehmeren Wohngegend leisten konnten.

Es waren die Verzweifelten, die Gestrandeten, die hier einziehen mussten. Menschen, denen der Blutgeruch, der hier noch im Haus hing, egal war, oder egal sein musste – wenn sie ihn denn überhaupt rochen. Sie waren froh, ein Dach über dem Kopf zu haben. Jeder kämpfte ums eigene Überleben. Achtsamkeit, Rücksichtnahme und Fürsorge für den anderen gab es nicht.

Eine Frau schrie aus Verzweiflung. Nun ja, ihr Freund verprügelte sie mal wieder. Kam eben vor ...

Zu ihrem Glück schaffte sie es noch selbst, über den Notruf Polizei und Rettungswagen zu rufen. Lebensgefährlich verletzt wurde sie gerade noch rechtzeitig von den

Noothelplüüd int Süükenhuus bröcht un överleevte na een Nootoperatschion.

De laterhenn vunne Schandarmen utfraagten Naavers harrn nix sehn oder hört. Veele maakten de Döör gar ni eerst op, as de Schandarmen bimmelten.

Een Wahnung leet de Vermeeder opbrecken, nadem de Meder twee Maande lang nich mehr betoolt harr. To 'n Glück haar he de Reken för't Gas ok länger nich betoolt. De Heizung weer desweegen al vör Weeken utfulln. Vun wegen de Küll weer he noch nicht so wiet vergammelt, as man em doot op't Sofa funn. Inne Summer weer sien Verswinnen wegen de Gestank sachs fröher opfulln.

Die Liekenfleederer keek nich so genau henn. Anners weer de deepe, dünnen Stick twünschen de Halswarvel wiss opfullen.

Ok trook dat Huus de asige Bagaasch an. Dejenigen, de nich wulln, dat de Naavers akraat hennkeeken, fraagten, wat vun Gewark de niegen Naavers nagungen oder goor nafraagten, woneem een keem un wat vun verleden Tied een harr.

In disse Huus flüttete Hewdig int Johr 1990. Nix wieste mehr op ehr Vörmeder und sien gediegen Dood henn. De Putzkolonn harr gründliche Arbeid maakt. Vun't Sofa afsehn weer een groote Deel vunn de Möbel to retten ween. Hedwig weer blied, dat se sik nich ganz un goor nie

Rettungskräften ins Krankenhaus gebracht und überlebte nach einer Notoperation.

Die später von der Polizei befragten Nachbarn hatten nichts gesehen oder gehört. Viele öffneten erst gar nicht, als die Polizei klingelte.

Eine Wohnung ließ der Vermieter aufbrechen, nachdem der Mieter zwei Monate lang nicht mehr gezahlt hatte. Glücklicherweise hatte der auch die Gasrechnung länger nicht gezahlt. Die Heizung war deshalb vor Wochen ausgefallen. Dank der Kälte war die Verwesung nicht so weit fortgeschritten, als man ihn tot auf dem Sofa fand. Im Sommer wäre sein Verschwinden durch den Gastank vermutlich eher bemerkt worden.

Bei der Obduktion wurde nicht so genau hingeschaut. Sonst wäre der tiefe dünnen Einstich zwischen den Halswirbel sicher bemerkt worden.

Außerdem zog das Haus die abgrundtief Bösen an. Diejenigen, die nicht wollten, dass die Nachbarn genauer hinschauten, fragten, welchem Gewerbe die neuen Nachbarn nachgingen oder gar nachfragten, woher jemand kam und welche Vergangenheit jemand hatte.

In dieses Haus zog Hedwig im Jahr 1990 ein. Nichts deutete mehr auf ihren Vormieter und seinen seltsamen Tod hin. Der Entweser hatte gründliche Arbeit geleistet. Abgesehen vom Sofa war ein großer Teil der Möbel zu retten gewesen. Hedwig war froh, dass sie sich nicht ganz

inrichten müss. Hier kunn se eerst mal ahn beluurt to warrn, ehr nieget Leeven anfangen.

neu einrichten musste. Hier konnte sie erst einmal unbeobachtet ihr neues Leben beginnen.

Hedwig

Hedwig weer platt, as de Sesselpuppers vör de Döör stunnen.

Harrn Tamme un sien Ische een Malöör mit dat Schipp hatt? Tamme weer eenfach losfohrt, wieldess se arbeidete, harr ehr nich vertellt, wolang un woneem. Hedwig weer splitterschietengiftig ween, as se markte, dat dat Boot nich inne Haven leeg. Un se weer teemlich seeker, dat Tamme tosomen mit sien Ische to een Stutenweken afhaut weer. De Döösbaddel meente ja, se harr nix von sien Leevschaft markt. Man se harr sik fast vörnohmen, em Füer ünner de Mors to maken, sograat he wedder torüch keem.

Wodennig meenten den Schandarmen, dat se op Helgoland ween weer? Ahn Tamme wurr se nich ut frien Stücken op dit Eiland fohrn. Se much dat Eiland nich. Bi de Överfohrten wurr se al nääslang seekrank.

Seilen weer ehr towoller. Se seet veel leever inne Haven op dat Boot un leet sik wegen dat feine Boot bewunnern.

Ehr wurr 'n Bild vör de Nääs holn un se wurr fraagt, of se de Minsch kennen dee.

Hedwig

Hedwig war erstaunt, als die Beamten vor der Tür standen.

Hatten Tamme und seine Geliebte einen Unfall mit dem Schiff gehabt? Tamme war während ihrer Arbeitszeit einfach losgefahren, hatte ihr nicht gesagt, wie lange und wohin. Hedwig war stinksauer gewesen, als sie bemerkte, dass das Boot nicht im Hafen lag. Und sie war sich ziemlich sicher, das Tamme zusammen mit seiner Geliebten zu einer Liebesreise aufgebrochen war. Der Dummkopf war ja der Meinung, sie hätte nicht von seiner Liebschaft bemerkt. Aber sie hatte sich fest vorgenommen, ihm Feuer unterm Hintern zu machen, sobald er wieder zurückkam.

Wieso kam die Polizei auf die Idee, sie sei auf Helgoland gewesen? Ohne Tamme würde sie nie freiwillig auf diese Insel fahren. Sie hasste die Insel. Auf den Überfahrten wurde sie häufig seekrank.

Segeln war ihr zuwider. Sie bevorzugte es, im Hafen auf dem Boot zu sitzen und wegen des schönen Bootes bewundert zu werden.

Ihr wurde ein Foto vor die Nase gehalten und sie wurde gefragt, ob sie die Person kennen würde.

Kloor kennte Hedwig ehr. Dat weer Tammes Ische Rixa. Man se schüttkoppte blots. In ehrn Buuk registreete Hedwig tofreeden, dat Rixa up dat Bild muusedoot utseech.

Denn maakten se wieder mit sellige Fraagen, op de Hedwig jümmers wedder anterte, dat se de heele Dag blots in Huus un Goorn ween weer un dat Gundstück nicht verlaaten haar.

Twee Amtslüüd bleeven bi Hedwig, wieldeß de annern de Navers fraagten. As de beiden wedderkeemen, tuschelten de Schandarmen kort mitnanner.

De Navers harrn datsülve as Hedwig seegt.

Man woso stunn se op de Pasageerlist? Denn harrn de Schandarmen een Infall: De Reederieen kontroleerten nich, of de Lüüd bi de Dagestuurn richtige Angaaven op de Zeddeln makten. Wichtig weer blots, dat jedeen, de op dat Schipp gung, een Zeddel in de dorvör vörseehen Kist smeet.

Harr jichtenseen verkeehrterwies Hedwigs Naam angeeven. Un wenn ja, üm wat?

Bevör se gungen, leeten sik de Sesselpupsers noch een Proov vun Hedwigs Handschrift geeven un wiesten ehr an, de Landkreis nich to verlaaten.

Natürlich kannte Hedwig sie. Es war Tammes Geliebte Rixa. Doch sie schüttelte nur den Kopf. Im Unterbewusstsein registrierte Hedwig zufrieden, dass Rixa auf dem Foto ziemlich tot aussah.

Dann machten sie weiter mit lästigen Fragen, auf die Hedwig immer wieder antwortete, dass sie sich den ganzen Tag lang nur in Haus und Garten aufgehalten und das Grundstück nicht verlassen hätte.

Zwei Beamte blieben bei Hedwig, während die anderen die Nachbarn befragten. Als die beiden wiederkamen, flüsterten die Polizisten kurz miteinander.

Die Nachbarn hatten Hedwigs Angaben bestätigt.

Aber warum stand sie auf der Passagierliste? Dann hatten die Polizisten eine Idee: Die Reedereien kontrollierten nicht, ob die Leute bei den Tagestouren richtige Angaben auf den Zetteln machten. Wichtig war nur, dass jeder, der das Schiff betrat, einen Zettel in die dafür vorgesehene Box warf.

Hatte jemand fälschlicherweise Weise Hedwigs Namen angegeben? Und wenn ja, warum?

Bevor sie gingen, ließen sich die Beamten noch eine Handschriftenprobe von Hedwig geben und trugen ihr auf, den Landkreis nicht zu verlassen.

Rixa

Wat harr disse Fruunsminsch, wat se nich harr? Woso bleev Tamme bi Hedwig, ofschonst he Rixa jümmers vertellte, dat he nich blied mit Hedwig weer?

Rixa weer övertüügt, dat dat dor een Liek inne Keller geev, de Hedwig vör jedeen verstook. Dat weer schon afsünnerlich, dat in so'n Kaff as Büsum, in de jümmers sluudert wurr, keen een wat över disse Fru wuss.

An een friee Dag kookte Rixa sik 'n grote Kann Tee un settde sik an ehr Rekenknecht. Na veer Stünnen geev se op. Dat weer gediegen, denn in't Internett weer överhaupt nix över Hedwig to finnen.

Rixa wuss, dat all Minschen Spooren in't Internett leeten, ok de, de nich in't Internett butschern un nicht in Visaasch Buuk weern.

Oder een haar sik bannig Ackewars makt, al Spooren wegtomaken ...

Rixa kunn nich weeten, dat wiet in't Oosten Anstellte vun een mehrstendeels in't Düstern arbeidende Organisaschion markten, dat sik een für Hedwig interesseerte un de Anfraagen mitleesten.

Ok interesseerten se sik för dat, wat Hedwig dee, und melleten dat. Doch se wussen al lang, welkeen Hedwig wohraftig weer un woneem se keem.

Rixa

Was hatte diese Frau, was sie nicht hatte? Warum blieb Tamme bei Hedwig, obwohl er Rixa immer wieder versicherte, dass er nicht glücklich mit Hedwig sei?

Rixa war der Meinung, dass es dunkles Geheimnis war, das Hedwig vor allen verbarg. Es war schon merkwürdig, dass in einem so kleinen Ort wie Büsum, in dem Klatsch und Tratsch an der Tagesordnung waren, niemand etwas über diese Frau wusste.

An einem freien Tag kochte sich Rixa eine große Kanne Tee und setzte sich an ihren Rechner. Nach vier Stunden gab sie auf. Es war seltsam, denn es war im Internet überhaupt nicht über Hedwig zu finden.

Rixa wusste, dass alle Menschen Spuren im Internet verlassen, auch die, die nicht im Internet surften und sich nicht in Facebook tummeln.

Es sei denn, jemand hatte sich sehr viel Mühe gegeben alle Spuren zu verwischen ...

Rixa konnte nicht wissen, dass weit im Osten Angestellte einer meist im Verborgenen arbeitenden Organisation bemerkten, dass sich jemand für Hedwig interessierte und die Anfragen mitlasen.

Auch sie interessierten sich für das, was Hedwig tat und machten eine Meldung. Allerdings wussten sie schon lange, wer Hedwig wirklich war und woher sie kam.

Siedenwessel – 1989

Se weern Döösbaddel, all so bannig döosig. De Offizeere, de ehr stüüern schullen, dachen, dat se ehr anne Kandar harrn, wieldat Galina se oppe Nääs rumdanzte.

Man dat harr nu 'n End. Galina harr keen Luss mehr, de Rackerie to maken, wieldeß de Herrn sik fiern leeten, sik vun Knallkööm un Kaviar nehrten, wieldat Galina darben müss. Nu ja – ehr Versorgen mit Leevensmiddel weer beter as de vunne ring Lüüd, avers se wull mehr. Un anständig weer de Betahlung bi wiedem nich doför, dat se bi de Arbeit regelmatig Kopp un Kraag riskeerte.

De Leevesdeenste, de se afleverte, to fremdlännische Besöker uttohorchen, weern, nadem se all in't Kinnerheim Prügel und alln möglichen Misbruuk vun eehrn Liev utsett weer, noch halvwegs to verknusen. Doran harr se sik fröh wennt. 'N poor höhnerglöövsch Mannslüüd kunn se in't Heim mit ehrn fiefzackigen Mussplack, dat ehr oogenschienlich as Dochter vunne Düwel utwieste, vergruulen.

Wenn dat dorum gung, ungelegene Subjekte ahn Opsehen utte Weg to rümen, weer se een vunne besten in ehr Handwark. Un dor quälte se sik um: Galina kreeg blots de vigelinschen Opdräge, bi de annern al oppe Buuk fulln weern. Jichtenswann kunn se mal an een komen, de beter weer, as se sülmst.

Seitenwechsel – 1989

Sie waren dumm, alle so unendlich dumm. Ihre Führungsoffiziere dachten, dass sie Galina führen würden, während sie ihnen auf das Nase herumtanzte.

Doch damit war jetzt Schluss. Galina hatte keine Lust mehr, die Drecksarbeit zu machen, während die Herren sich feiern ließen, sich von Sekt und Kaviar ernährten während Galina darben musste. Gut – ihre Lebensmittelversorgung war besser, als die des normalen Volkes, aber sie wollte mehr. Und angemessen war die Bezahlung bei weitem nicht dafür, dass sie bei der Arbeit regelmäßig ihr Leben riskierte.

Die Liebesdienste, sie sie erbrachte, um ausländische Besucher auszuhorchen, waren, nachdem sie schon in Kinderheim Schlägen und sexuellen Übergriffen aller Art ausgesetzt war, noch halbwegs erträglich. Daran hatte sie sich schon früh gewöhnt. Wenige abergläubische Männer konnte sie im Heim mit dem fünfzackigen Feuermal, das sie angeblich als Tochter des Teufels auswies, abschrecken.

Wenn es darum ging, unliebsame Subjekte unauffällig aus dem Weg zu räumen, war sie eine der besten ihres Handwerks. Und das machte ihr Sorgen: Galina bekam nur die schwierigen Aufträge, an denen andere bereits gescheitert waren. Irgendwann könnte sie mal an jemanden geraten, der besser war als sie.

Dat wuur Tied, över Stüür to gahn und wiss inne Westen. Jichtenseen wull ehr as Doppelagent för de Westen anwarwen. Galina harr dat plichtschullig mellet und dorophenn de Opdrag kreegen, de Person utte Weg to rümen.

Enn grandessige Informatschoon harr se doch verheemlicht: Se harr all Informatschoon un Middel, to op een Schipp, dat ünner neutraale Flagg fohrte, in een Land in Westen to komen, över de Grenz, de Europa inne koole Krieg deelte.

De Minsch, för de disse Reis egens plant weer, existeerte all ni mehr. Galina harr em bitieden umme Eck bröcht un de Liek in verdüwelt lüttje Deele verswinnen laaten, dormit he ni funnen wurr. Vermissen würr em keen een.

Nu müss se akkeraat arbeiten: Se müss sik mit ehrn Stüüroffizeer dropen, de letzten Instrukschoonen entgegennehmen, to dat towedder Westsubjekt de Weg rühmen. Dorbi müss se de Kirl, de ehr to ehrn Sott mehr vertruute, as sien Sundheut un Leeven goot dee, een to Seekerheit vun ehr sülmst maakte Middel ünnerjubeln, dat laat nuch bitruck, dat he anne Avend noch mit kloore Kopp sien Plichten inne Deenst und Seelschop nagahn kunn. Inne Nach, de he sachs weer mit sien Ische verbröchte, würr dat Middel denn möglichst een Anfall utlösen, de em wull nich doot makte, avers dorför sorgte dat he sik nich mehr op Galina besinnen un vör allm ni mehr snacken kunn.

Es wurde Zeit zu verschwinden und zwar in den Westen. Jemand wollte sie als Doppelagentin für den Westen anwerben. Galina hatte dies pflichtschuldigst gemeldet und daraufhin den Auftrag erhalten, die Person aus dem Weg zu räumen.

Eine wichtige Information hatte sie allerdings unterschlagen: Sie hatte alle Informationen und Mittel, um auf einem Schiff, das unter neutraler Flagge für, in ein westliches Land zu kommen, über die Grenze, die Europa in den Zeiten des kalten Krieges teilte.

Der Mensch, für den diese Reise eigentlich geplant war, existierte schon nicht mehr. Galina hatte ihn beizeiten ins Jenseits befördert und die Leiche in sehr, sehr kleinen Stücken verschwinden lassen, damit er nicht gefunden wurde. Vermissen würde ihn niemand.

Jetzt galt es sorgfältig zu arbeiten: Sie musste ihren Führungsoffizier treffen, die letzten Instruktionen zur Beseitigung des lästigen Westsubjekts entgegennehmen. Dabei musste sie dem Mann, der ihr zum Glück mehr Vertrauen schenkte, als seiner Gesundheit und seinem Leben zuträglich waren, ein sicherheitshalber von ihr allein hergestelltes Mittel verabreichen, dass spät genug wirkte, damit er am Abend noch mit klarem Kopf seinen dienstlichen und gesellschaftlichen Verpflichtungen nachkommen konnte. In der Nacht, die er sicher wieder mit seiner Geliebten verbrachte, würde das Mittel hoffentlich einen Anfall auslösen, der ihn zwar nicht tötete, aber dafür sorgte, dass er sich nicht mehr an Galina erinnern und vor allem nie wieder sprechen konnte.

Dat klappte. He nehm dat Middel troschüllig to sik un verafscheedete sik kort dorna, dormit he de Termin mit sien Baas wohrnehmen un Galina ehr mörderische Opgaav erfüllen kunn.

Ehr niege Stüüroffizeer ut de Westen weer so besopen vör Freud ehr anne Angel to hem, dat he nich markte wo greesig Galina weer. Dat weer teemlich eenfach, em anne Siet to bringen. Galina leegte de Liek anne vörgeeven Steed af, dormit dat ehrn Baas nich opfull, dat se sik afsett harr.

De Schippspassasch weer goot kloormakt. Ahn sehn to warn, gung Galina in Kiel an Land, dreep sik denn avers nich mit de Kontakt von ehr Opper, man makte sik eerst mal in een billige Puff raar, wo de Baas nich fraagte, woneem sien Deerns keemen.

Hier verpuustete se eerstmal een poor Maande lang. De Arbeid weer komodig vergleeken mit dat, wat se de betüddelte Gäst ut de Westen afleevern müss. De Kunnen hier stunnen ünner Druck, wulln fix tofreden stellt un nich sehn warrn.

Veele weern Fernfohrer un op de Dörreis. Stammkunnen geev dat in disse smerige Spelunke knapp. All nääslang weern se besopen, wenn se to ehr keemen.

So markte ok keen een, dat se sik bobento de uthannelte Leeveslohn wiedere Moneten ut de Knipp vun ehr Besöker aftwiegte.

Es klappte. Er nahm das Mittel ohne Argwohn zu sich und verabschiedete sich bald darauf, damit er den Termin mit seinen Vorgesetzten wahrnehmen und Galina ihre mörderische Aufgabe erfüllen konnte.

Ihr neuer westlicher Führungsoffizier war so trunken vor Freude, sie an der Angel zu haben, dass er nicht merkte, welche Gefahr für ihn von Galina ausging. Es war relativ leicht, ihn zu töten. Sie legte die Leiche an der vorgegebenen Stelle ab, damit es ihrem Arbeitgeber nicht auffiel, dass sie sich abgesetzt hatte.

Die Schiffspassage war gut vorbereitet. Ungesehen ging Galina in Kiel an Land, traf sich dann aber nicht mit der Kontaktperson ihres Opfers, sondern verschwand erst einmal in einem billigen Bordell, dessen Besitzer nicht fragte, woher seine Mädchen kamen.

Hier ruhte sie sich erst einmal einige Monate lang aus. Die Arbeit war leicht im Gegensatz zu dem, was sie den verwöhnten westlichen Gästen hatte bieten müssen. Die Kunden hier standen unter Druck, wollten schnell befriedigt und nicht gesehen werden.

Viele von ihnen waren Fernfahrer und nur auf der Durchreise. Stammkunden gab es in dieser schmierigen Kaschemme kaum. Oft waren sie betrunken, wenn sie zu ihr kamen.

So fiel es auch niemandem auf, dass sie sich zusätzlich zum vereinbarten Liebeslohn weiteres Geld aus den Taschen ihrer Besucher abzweigte.

Nebenher maakte se sik niege Popeern. Hewdig weer born un müss sik nu ahn Opsehn inne Sellschop infinnen. Een Wahnanlag in 'n lüütje Oort anne Westküst, wo sik keen een ehr Poppern neeger ankeek un na ehr fröhere Tied fraagte, schiente ehr de richtige Anfangssteed to sien. So keem se in dat Huus inne Slachthuustraat.

Nebenbei machte sie sich neue Papiere. Hedwig war geboren und musste sich nun unauffällig in die Gesellschaft eingliedern. Eine Wohnanlage in einem kleinen Ort an der Westküste, wo sich niemand so genau die Papiere anschaute und nach ihrer Vergangenheit fragte, schien ihr der richtige Ausgangsort zu sein. So kam sie in das Haus in der Schlachthausstraße.

Nafraagen

Dat Afglieken vunne Ünnerschriftenproov bröchte keen eendüüdige Resultat.

De Pasageerzeddel weer prenten, so dat de Vergliek swor weer.

De Kriminaalers besloten, Hedwig nochmal to besöken, to een niege Vergliek vunne Schrift to maken un wiedere Fraagen to stelln.

As se anne Döör bimmelten, maakte keen een op. Dat Auto stunn nich vör de Döör.

De Navers vertellten, dat se sik al wunnert harrn, wieldat Hedwig anne Morn bannig fröh losfohrt weer. As se losgungen to Rundstücken to holn, weer Hedwigs Schees al weg ween.

Bi de Arbeid weer Hedwig avers nicht ankamen. Se harr sik ok nich süük mellet.

Binnen korte Tied weer se bi de Schandarmen to Sööken na ehr utschreeven.

Nachfragen

Der Vergleich der Unterschriftenprobe brachte kein aussagekräftiges Ergebnis.

Der Passagierzettel war in Blockschrift ausgefüllt, so dass der Vergleich schwerfiel.

Die Beamten beschlossen Hedwig nochmal zu besuchten, um einen neuen Schriftvergleich zu machen und weitere Fragen zu stellen.

Als sie an der Tür klingelten, öffnete niemand. Das Auto stand nicht vor der Tür.

Die Nachbarn erzählten, dass sie sich schon gewundert hatten, weil Hedwig am Morgen sehr früh losgefahren sei. Als sie zum Brötchen holen gingen, war Hedwigs Auto schon weg gewesen.

Bei der Arbeit war Hedwig allerdings nicht angekommen. Sie hatte sich auch nicht krankgemeldet.

Innerhalb kurzer Zeit war sie zur Fahndung ausgeschrieben.

Vertwiefeln

All weer leet he ehr sitten. Rixa weer vertwiefelt. Tamme harr ehr toseggt, mit ehr in Urlaub to fohrn. Deswegen harr se de mit ehr Fruunstrupp plaante Törn afseggt.

Man nu seet se ganz und gar op't Drögen, denn ehr Frunns weern weg un Tamme weer twee Dage bevör ses plante Afreisetermin mit Hedwig över Stüür gahn, nadem he de Nach vörher noch mit Rixa tobröcht un ehr ewige Leevde swört harr.

Se harr dat so satt, harr keen Freud mehr an't Leeven. Jümmers schaffte Hedwig dat, em bi de Büx to kreigen, wenn Rixa seeker weer, dat Tamme optletzt vun ehr af weer.

Se wull dat Torüchbetahlen. Tamme wurr nich von Hedwig scheden, dat weer ehr nu kloor wurrn.

Man wenn se Tamme all nich kriegen kunn, wull se, dat in Tokunft jeden Dag mit Hedwig op de Dunja för em de Hööl oppe Ehr weer, dat he sik jümmers op Rixa besinnen müss un keen Vergnögen mehr an't seilen harr.

Sinnig keem de Plan in ehr Kopp tosamen. Dat duuerte ehr, dat se nich mit ansehn kunn, of de glückte.

Verzweiflung

Wieder einmal ließ er sie sitzen. Rixa war verzweifelt. Tamme hatte ihr versprochen, mit ihr in Urlaub zu fahren. Deshalb hatte sie den mit ihrer Frauencrew geplanten Törn abgesagt.

Doch dann saß sie komplett aus dem Trockenen, denn ihre Crew war weg und Tamme hatte sich zwei Tage vor dem geplanten Abreisetermin mit Hedwig aus dem Staub gemacht, nachdem er die Nacht vorher noch mit Rixa verbracht und ihr ewige Liebe geschworen hatte.

Sie hatte es so satt, hatte keine Freude mehr am Leben. Immer wieder schaffte Hedwig es, ihn einzufangen, wenn Rixa sicher war, dass Tamme endlich den Absprung geschafft hatte.

Sie sann auf Rache. Tamme würde sich nicht von Hedwig trennen, das war ihr spätestens jetzt klar geworden.

Aber wenn sie Tamme schon nicht bekommen konnte, wollte sie, dass künftig jeder Tag mit Hedwig auf der Dunja für ihn die Hölle war, dass er immer an Rixa denken musste und er keine Freude mehr am Segeln hatte.

Langsam nahm der Plan Gestalt in ihrem Kopf an. Leider würde sie nicht mit ansehen können, ob er gelang.

Allns kümmt anners

Da weer een feine Summer. De asige Arbeid gung Tamme goot vunne Hand. Na Fieravend weer he farken bi Lorenz op de Dunja, wurr dat Boot wies un prövte mit de oole Fischer Knütten. Af un an prövten se ok avends inne Haven An- un Afleggen.

Anne Weekenennen seilten se denn tosamen, wann immer dat Tamme möglich weer. To oft geev dat inne warme Johrestied Överstünnen und bovento müss he för sien Pröven lehrn.

Dat klappte. Inne September heel he sien Gesellenbreev inne Hand. Nu weer he frie ...

Anne neegste Dag keem 'n asige Överraschung. Silke, een vunne Deerns, de ok op sien Burtsdagsfier wesen weer, harr em schreeven: „Gratuleer ok to dien Afsluut as Gesell. Un gratuleer nochmal, du warst Vadder."

Tamme schüttkoppte. Dat kunn doch blots 'n asige Spijöök ween.

Man denn besunn he sik op sien Burtsdag. He weer anne neegste Morn nackelig langsiets vun een Deern waken wurrn un kunn sik op nix mehr besinnen. Ja, he harr sik duntomaalen fraagt, of he sien Jumfernschopp loswurrn weer, ahn sik dorop besinnen to könen."

Alles kommt anders

Es war ein guter Sommer. Die ungeliebte Arbeit ging Tamme gut von der Hand. Nach Feierabend war er oft bei Lorenz auf der Dunja, lernte das Boot kennen und übte mir dem alten Fischer Knoten. Manchmal übten sie auch abends im Hafen An- und Ablegen.

An den Wochenenden segelten sie dann gemeinsam, sooft es Tamme möglich war. Zu oft gab es in der warmen Jahreszeit Überstunden und außerdem musste er für seine Prüfungen lernen.

Es klappte. Im September hielt er seinen Gesellenbrief in der Hand. Nun war er frei ...

Am nächsten Tag kam dann die böse Überraschung. Silke, eins der Mädchen, das auch auf seiner Geburtstagsfeier gewesen war, hatte ihm geschrieben: „Herzlichen Glückwunsch zur bestandenen Gesellenprüfung. Und nochmal herzlichen Glückwunsch, du wirst Vater."

Tamme schüttelte den Kopf. Das konnte doch nur ein schlechter Scherz sein.

Doch dann erinnerte er sich an seinen Geburtstag. Er war am nächsten Morgen nackt neben einem Mädchen wachgeworden und konnte sich an nichts mehr erinnern. Ja, er hatte sich damals gefragt, ob er seine Jungfräulichkeit verloren hatte, ohne sich daran erinnern zu können.

In sien Vertwieflung snackte he mit Lorenz. De hörte sik dat Vertellen in Ruh an, nickkopte suutje un sä: „Dat maken se hier inne Gegend all jümmers so, ween een Deern een Mannsbild partu kriegen schall. Meist hölpen de Öllern vunne Deern ok na. Du bist flietig, un sühst smuck ut. Dormit büst du een goote Partie."

„Wat schall ik dohn?", fraagte Tamme vertwiefelt.

„Eerstmal warst du de Dunja nich kopen. Ik wull di egens seggen, dat ik se di för een Mark verkoop, dormit se in goode Hannen kümmt, nadem du nu opletzt seilen kannst.

Man ik bin bang, dat se di dwingen warrn, ehr to verkoopen, dormit du de Ünnerholt betahlen kannst. Ik war ehr wiederhenn beholn un dörfst seilen, wennehr du wullt.

Wenn du dien Ruh hem wullt, kannst du de Deern frieen. Dien un ehr Öllern warrn di seeker alltieds inne Ohrn lingen.

Wenn du dien Leeven wiederhenn frie gestalten wullt, heff de Kuraasch, di to wellersetten. Slaa dat af, to frieen, tööw, bet dat Kind dor is un laat denn de Vadderschopp pröven."

Lorenz beheel recht. As Tamme na Huus keen, tööwten all Öllern un mögliche Swiegeröllen up em. Dorto een blarrende Silke.

In seiner Verzweiflung wandte er sich an Lorenz. Der hörte sich die Geschichte in Ruhe an, nickte bedächtig und sagte: „Das machen sie hier in der Gegend schon immer so, wenn ein Mädchen einen Mann unbedingt bekommen soll. Oft helfen sogar die Eltern des Mädchens nach. Du bist fleißig, siehst gut aus. Damit bist du eine gute Partie."

„Was soll ich tun?", fragte Tamme verzweifelt.

„Erstmal wirst du die Dunja nicht kaufen. Ich wollte dir eigentlich sagen, dass ich sie dir für eine Mark verkaufe, damit sie in gute Hände kommt, nachdem du nun endlich segeln kannst.

Doch ich fürchte, dass sie dich zwingen werden, sie zu verkaufen, damit du den Unterhalt bezahlen kannst. Ich behalte sie weiterhin und du darfst sie segeln, wann immer du möchtest.

Wenn du deine Ruhe haben willst, kannst du das Mädchen heiraten. Deine und ihre Eltern werden dir sicher ständig deswegen in den Ohren liegen.

Wenn du dein Leben weiter frei gestalten willst, habe den Mut, dich zu wehren. Weigere dich zu heiraten, warte bis das Kind da ist und lass dann einen Vaterschaftstest machen."

Lorenz behielt recht. Als Tamme nach Hause kam, warten Eltern und potenzielle Schwiegereltern schon auf ihn. Dazu eine tränenüberströmte Silke.

Dat weer swor, man he bleev stuur. De Oolen müssen insehn, dat he sik eerst fastleggen wull, nadem dat Kind oppe Welt weer.

He jankte na de Geboort vun't Kind. All dachten, dat he sik över sien Nawass freute, man Tamme wull blots de Nawies, dat he nich de Vadder weer. Denn weer he friee, kunn sien Leeven leeven, so as he dat wull.

Denn weer dat Kind dor. Tamme müss wies warrn, dat he glieks bi de eerste Versöök de Vogel afschoten harr. He Stackel weer de Vadder.

Liekers maakte he kenn Hochtied mit Silke, betahlte avers jedeen Maand oordig de Ünnerholt. Dat weer he dat Kind anstännig schullig. Dat kunn ja nix für sien achtersinnige Modder.

Tamme bruukte nu finanschielle Seekerkeit, bleev in sien Lehrbedriev, de em girn övernehm. Sograat he kunn, haute he op de Dunja af, seilte girn na Helgoland. Op de eeste Törns fohrte Lorenz noch mit em mit. As he wuss, dat Tamme seeker bi't Seilen weer, leet sik de oole Mann blots noch op Dagestörns mitnehmen.

De Tied gung in't Land, sien Dochter wurr grötter, harr avers keen Kontakt to de Vadder.

Tamme gung de Fruunslüüd ut de Weg, weer bang, nochmal anscheeten to warrn.

Es war schwer, doch er blieb standhaft. Die Alten mussten akzeptieren, dass er erst nach der Geburt des Kindes eine Entscheidung treffen würde.

Sehnsüchtig wartete er auf die Geburt des Kindes. Alle dachten, dass er sich über seinen Nachwuchs freute, doch Tamme wollte nur den Nachweis, dass er nicht der Vater sei. Dann war er frei, konnte sein Leben nach seinen Wünschen gestalten.

Dann war das Kind da. Tamme musste erfahren, dass er gleich im ersten Versuch einen Glückstreffer gelandet hatte. Er war der unglückliche Vater.

Trotzdem heiratete er Silke nicht, zahlte aber jeden Monat brav den Unterhalt. Das war er dem Kind moralisch schuldig. Es konnte ja nichts für die Hinterlist seiner Mutter.

Tamme brauchte nun finanzielle Sicherheit, blieb in seinem Lehrbetrieb, der ihn gern übernahm. Wann immer er konnte floh er auf der Dunja, segelte gern nach Helgoland. Auf den ersten Törns dahin begleitete Lorenz ihn noch. Als er wusste, dass Tamme ein sicherer Segler war, ließ der alte Mann sich nur noch zu Tagestörns mitnehmen.

Die Zeit verging, seine Tochter wurde größer, hatte aber keinen Kontakt zum Vater.

Tamme mied die Frauen, hatte Angst davor, noch einmal hereingelegt zu werden.

Sein Baas gung in Rente, de Söhn versoop de arfe Bedriev in korte Tied. Tamme stunn op de Straat. Kort vorher weer Lorenz dod bleeven un harr em de Dunja verarft.

Tamme bruukte nödig Arbeid, dormit he de Ünnerholt für dat Kind wiederbetohlen kunn un se em dat Schipp nich nehmen. He harr Sott. He keem an bi een Bedriev, de Goornarbeiden, Huusmeestersdeenste un dorto noch 'n lütte Fuhrbedriev harr. De Baas ehrte, dat Tamme akkeraat un rejell weer. So kreeg Tamme ok inne Summer, ofschonst dat in disse Tied egens keen Urlaub geev, jümmers twee Weeken frie, to Seilen to gahn.

Ok den Kunnen muchen Tamme. As he na längere Tied mal weer wat bi de Seehundstatschoon afleevern müss, nehm een niege Midarbeiterin de Kraam an.

Sein Chef ging in Rente, der Sohn versoff den geerbten Betrieb in kurzer Zeit. Tamme stand auf der Straße. Kurz vorher war Lorenz gestorben und hatte ihn die Dunja vererbt.

Tamme brauchte dringend Arbeit, damit er den Unterhalt für das Kind weiterzahlen konnte und sie ihn das Schiff nicht nahmen. Er hatte Glück. Er landete als bei einem Betrieb, der Gartenarbeiten, Hausmeisterdienste und dazu noch einen kleinen Fuhrbetrieb hatte. Der Chef schätzte Tammes Gründlichkeit und Zuverlässigkeit. So bekam Tamme auch im Sommer, wenn eigentlich Urlaubssperre war, immer mindestens zwei Wochen frei um Segeln zu können.

Auch die Kunden mochten Tamme. Als er nach langer Zeit wieder einmal etwas bei der Seehundstation abliefern musste, nahm eine neue Mitarbeiterin die Ware an.

Opper

Dat weer op´n Prick de Mannsminsch, de se bruukte, to ehr een passende Posischoon inne Sellschopp un toglieks een feine Versteeken to beeden. Hedwig seech sik Tamme neeger an.

Inne neegste Dage forschte se mit de Genauigkeit von een Spionin, wer he weer, wo he wahnte un welke Hobbies he harr.

Na veer Weeken harr se em bi´n Kanthaken kreegen, inne neegste Johre leet se em nümmers mehr los.

Eenige Mole harr he versöcht, vun ehr to scheeden, man se sorgte jümmers weer dorför, dat he bleev. Dat beste, womit se Damp maken kunn, weer de Dunja, de verköfft warrn muss, wenn Tamme de Schuh drückte. Hedwig hulp em denn jümmers mit Geld ut, so dat he sik inne Plicht fühlte, to blieven.

He markte dat nich, man se kümmerte sik dorum, dat em jümmers de Schuh drücke, wenn he op Afwegen weer. Mal weer de Motor von dat Auto twei, denn reet dat Grot op een Törn, so dat de Seilmaker nix mehr heelmaken kunn un een nieget Seil her muss.

Hedwig weer dor bannig ansleegsch. Dormit he nich op dööge Gedanken keem, seilte se ok mit em inne Urlaub. Se much nich seilen, genot dat avers, inne Haven wegen dat schööne Schipp un de smucke Mannsbild bewunnert to warrn.

Opfer

Das war genau der Mann, den sie brauchte, der ihr eine passende gesellschaftliche Stellung und gleichzeitig ein gutes Versteck bieten könnte. Hedwig sah sich Tamme genauer an.

In den nächsten Tagen recherchierte sie mir der Gründlichkeit der Agentin, wer er war, wo er wohnte und welche Hobbies er hatte.

Nach vier Wochen hatte sie ihn an der Angel, in den nächsten Jahren ließ sie ihn nicht mehr los.

Einige Male hatte er versucht, sich von ihr zu trennen, aber sie sorgte immer wieder dafür, dass er blieb. Ihr bestes Druckmittel war die Dunja, deren Verkauf drohte, sobald es bei Tamme finanziell eng wurde. Hedwig unterstütze ihn dann immer finanziell, so dass er sich verpflichtet fühlte zu bleiben.

Er merkte es nicht, aber sie sorgte immer dafür, dass es finanziell eng wurde, wenn er auf Abwegen war. Mal hatte das Auto einen Motorschaden, dann riss das Großsegel auf einem Törn, so dass der Segelmacher nichts mehr retten konnte und ein neues Segel hermusste.

Hedwig war da sehr einfallsreich. Damit er nicht auf dumme Gedanken kam, segelte sie auch mit ihm im Urlaub. Sie hasste das Segeln, genoss es aber sehr, im Hafen wegen des schönen Schiffes und des gutaussehenden Mannes bewundert zu werden.

Spoorn

Op de Dunja funnen sik man blots Afdrücke vunne Fingers von Hedwig un Tamme, dorto 'n poor wenigen vun Rixa.

De Kriminaalers versöchten Hedwigs fröhere Tied to dörlüchten, to rutkriegen, of se womööglich doch Sipp oder Frünnen har, bi de se ünnerkrupen kunn.

In't normale Internett funnen se nix. Ok in't düstere Deel vun't Nett geev dat keen Informaschoon to disse Fru. Dat leet vermoden, dat jichtenseen veel Ackewars hat harr, al Spooren wegtowischen ...

De Kriminaalers forschten wieder, markten, dat de Poppern namakt sien müssen. Hedwig weer nich an de Steed born, de in ehrn Utwies angeeven weer. Dat Kind, des Naam se harr, weer in Kiel born, man in't zoorte Öller vun fief Johrn in Afrika dodbleeven un dor ok bisett.

Nu bemöhten se Söökmaschienen, de nich blots al se's bekannte Computers na dat Bild von Hedwig dörsöchten, man ok seggen kunnen, vun wat för 'n Volk se afstammte.

En Reeg vun Söökmaschinen leeverten al enkelt dat Resultat, dat se ut de Ukraine oder Wittrussland stammen kunn.

Spuren

Auf der Dunja fanden sich nur Fingerabdrücke von Hedwig und Tamme, dazu einige wenige von Rixa.

Die Beamten von der Kripo versuchten, Hedwigs Vergangenheit zu durchleuchten, um herauszubekommen, ob sie vielleicht doch Familie oder Freunde hatte, bei denen sie sich verstecken könnte.

Im normalen Internet wurden sie nicht fündig. Auch im Darknet gab es keine Informationen zu dieser Frau. Dies ließ vermuten, dass jemand hatte sich sehr viel Mühe gegeben alle Spuren zu verwischen ...

Die Beamten forschten weiter, stellten fest, dass Papiere gefälscht sein mussten. Hedwig war nicht an dem in ihrem Ausweis angegebenen Ort zur Welt gekommen. Das Kind, dessen Namen sie trug, war in Kiel geboren worden, aber im zarten Alter von fünf Jahren in Afrika gestorben und dort auch begraben.

Jetzt nutzen sie Suchmaschinen, die nicht nur alle Ihnen bekannten Server nach Hedwigs Profilbild durchsuchten, sondern auch Aussagen über ihre ethnische Herkunft machten.

Mehrere Suchmaschinen lieferten unabhängig voneinander das Ergebnis, dass sie aus der Ukraine oder Weißrussland stammen könnte.

Anne neegste Dag fraagten se bi de Ämter dor an. Dat duuerte 'n Week, bet se vertellt wurr, dat Hedwig ut Poltava inne Ukraine keem un dor op de Naam Galina döfft weer

Vör över twintig Johr harr se een ümme Eck bröcht un man harr ehr nich bi'n Wickel kriegen . Een oole Bild wieste, wodennig se ehr Utsehn bi dat Annehmen vun'n anner Persönlichkeit ännert harr.

Am nächsten Tag machten sie Anfragen bei den dortigen Behörden. Es dauerte eine Woche, bis sie erfuhren, dass Hedwig aus Poltava in der Ukraine stammte und dort auf den Namen Galina getauft worden war.

Vor mehr als zwanzig Jahren hatte sie einen Mord begangen und war nicht gefasst worden. Ein altes Foto zeigte, wie sehr sie ihr Aussehen bei der Annahme einer neuen Identität verändert hatte.

Weddersehn

Anne Dag na de erste Besöök vunne Kriminaalers bi Hedwig bimmelte dat morns um veer an ehr Döör. Hedwig verfehrte sik. Man dat weer sachs blots 'n Naver, de to Arbeid müss un des Schees nich ansprung.

Se makte de Döör op. Zwee Mannlüüd in düstere Plünnen stunnen dor.

„Dobroje utro, Galina", sä een vunne beiden.

De fröhere Tied harr ehr inholt. Se holten ehr torüch na huus. Man disse Reis würr se nich överleeven. Dat wurr swatt um ehr rum.

Wiedersehen

Am Tag nach dem ersten Besuch der Kripo bei Hedwig klingelte es morgens um vier Uhr an ihrer Tür. Hedwig erschrak. Aber vermutlich war es nur ein Nachbar, der zur Arbeit musste und dessen Auto nicht ansprang.

Sie öffnete die Tür. Zwei dunkel gekleidete Männer standen dort.

„Dobroje utro, Galina", sagte einer von ihnen.

Die Vergangenheit hatte sie eingeholt. Sie holten sie zurück in die Heimat. Doch diese Reise würde sie nicht überleben. Es wurde schwarz um sie herum.

Tokunft

Nadem he ut Kittjen rutkomen weer, weer Tamme nich mehr de oole. He wurr spiddelig, leep as 'n Spöök rum.

Harr he Hedwig man blots rechtiedig sitten laaten un de Bucht to Rixa kreegen.

Wenn se – as Rixa dat jümmers girn wull – een Weltreis mit sien Boot maakt harrn, kunn se wiss noch leeven. Tomindst harrn se denn mehr kommodige Tied mitnanner tobröcht.

Nu seech he keen Tokunft mehr för sik, wull blots noch so lang leeven, bet se Hedwig bi de Büx kreegen un verknackt harrn.

Na een Johr wurr de Söök na Hedwig instellt, nadem de Schandarmen mehr Informaschionen över ehr harrn.

Tamme harr sik wohl in 'n tweete Moura Budberg verleevt. Hedwigs Leevsten weern bet nu hento man nich so 'n Groten ween, as de vun Moura.

Man vermodete, dat Hedwig as russische Spion inne Ukraine arbeidet harr. Nadem se een düchtig, avers mit to veel Gewees umme Eck bröcht harr, weer se na Düütschland inslüüst wurrn, to erst mal als Slaapmütz to leeven as dat gang un geev weer.

Zukunft

Nach der Entlassung aus der Haft war Tamme nicht mehr derselbe. Er magerte ab, lief wie ein Gespenst herum.

Hätte er sich dich nur rechtzeitig von Hedwig getrennt und sich für Rixa entschieden.

Wenn sie – wie Rixa es immer gerne wollte – eine Weltreise mit seinem Boot gemacht hätten, könnte sie vielleicht noch leben. Zumindest hätten sie dann mehr schöne gemeinsame Zeit verbracht.

Nun sah er keine Zukunft mehr für sich, wollte eigentlich nur noch so lange leben, bis Hedwig gefasst und verurteilt war.

Nach einem Jahr wurde die Suche nach Hedwig eingestellt, nachdem die Polizei mehr Informationen über sie hatte.

Tamme hatte sich wohl in eine zweite Moura Budberg verliebt. Hedwigs Geliebte waren aber wohl bislang nicht so berühmte Persönlichkeiten gewesen, wie die von Moura.

Man vermutete, dass Hedwig als russische Agentin in der Ukraine gearbeitet hatte. Nachdem sie dort jemanden erfolgreich, aber mit zu viel Aufsehen beseitigt hatte, war sie nach Deutschland eingeschleust worden, um erst einmal ein Schläfer ein normales Leben zu führen.

Besiets dat Leeven mit Tamme harr Hedwig 'n poor anner Mannslüüd als Leevsten hatt, wat Tamme nich markt harr. Dat weer för allen dorto dacht, de Mannslüüd utosnüffeln un de Informaschionen an ehr Opdraachgeever wieder to geeven.

Jichtenswat harr de Russen denn verfehrt. Womööglich harr de Söök in't Internet, de Rixa 'n poor Dage vör ehrn Dod makt harr, se opschreckt. Mit dat Naforschen bi Hedwig wegen de Mord weer se sachs to'n Waag för se's Seekerheit wurrn, dat rümt warrn müss.

Hedwigs Auto wurr anne Haven in Kiel funnen. Sachs weer se doot oder lebendig op een russische Frachtschipp ut Düütschland exporteert wurrn.

Dat weer nich kloor, wokeen nu Rixa afmurkst harr. Dat kunn Hedwig ween sien, man ok jichtenseen anner ut ehr Organisaschion.

Dormit weer dat Tööven för Tammen abasig. He beslot, een letzte Reis mit de Dunja to maaken.

Rixa harr jümmers dorvun dröömt, na de witte Stadt Lagos to reisen. He wull dorhenn seilen un dor 'n poor Weeken vun een Leeven mit Rixa dröömen.

Neben der Beziehung zu Tamme hatte Hedwig einige Liebschaften mit anderen Männern gehabt, was Tamme nie bemerkt hatte. Das diente allerdings hauptsächlich dazu, die Männer auszuspionieren und die Informationen an ihre Auftraggeber weiterzuleiten.

Irgendetwas hatte die Russen dann beunruhigt. Wahrscheinlich hatte die Internetsuche, die Rixa wenige Tage vor ihrem Tod gemacht hatte, sie aufgeschreckt. Mit den Mordermittlungen gegen sie wurde Hedwig dann wahrscheinlich zu einem Sicherheitsrisiko, dass beseitigt werden musste.

Hedwigs Auto war am Kieler Hafen gefunden worden. Wahrscheinlich war sie tot oder lebendig auf einem russischen Frachter aus Deutschland exportiert worden.

Es war nicht klar, wer nun Rixa getötet hatte. Es könnte Hedwig gewesen sein, aber auch jemand anderes aus ihrer Organisation.

Damit hatte das Warten nun keinen Sinn mehr für Tamme. Er beschloss eine letzte Reise mit der Dunja zu machen.

Die weiße Stadt Lagos war das Traumziel von Rixa gewesen. Er wollte dorthin segeln und dort einige Wochen von einem Leben mit Rixa träumen.

Lagos

Na twee Maande weer Tamme in Lagos ankomen. Rixa harr Recht hatt, de Stadt much he lieden.

Na dree Dage bröchte em de Havenmeester een Breev, de he al lang opwohrt harr. He harr nich mehr dormit reckent, dat de Addressat vunne Breev noch inne Haven vun Lagos komen wurr.

As Tamme de Breev leeste, blarrte he. Dat weer alns so abasig un nich nödig ween.

„Mien Leevste", stunn dor vun Rixa schreeven. „Wenn du disse Breev leest, büst du doch noch to Verstand komen, büst du opletzt vun disse Wickersche scheedet un leevst unse Droom.

Dat dee mi so weh, dat du nich de Bucht to mi kreegen hest. Ik mach nich mehr leeven. Man ik will ok, dat du na min Dod nich mehr to Ruh kümmst un de Fohrten mit Hedwig op dat Schipp nich mehr geneeten magst:

Dorüm war ik de so op dien Schipp inzeneern, un ik hop, dat du nich mehr mit Hedwig dorop reisen magst. Bestenfalls ward se verknackt warrn, as de, de mi umme Eck bröcht hett, denn een poor Spoorn warrn op ehr henndüüden. Ik warr versöken, ünner ehrn Naam op de Utfohrtsdamper to dat Eiland to komen.

Lagos

Nach zwei Monaten war Tamme in Lagos angekommen. Rixa hatte recht gehabt, die Stadt gefiel ihm.

Nach drei Tagen überbrachte der Hafenmeister ihm einen Brief, den er schon lange aufbewahrt hatte. Er hatte nicht mehr damit gerechnet, dass der Empfänger noch im Hafen von Lagos auftauchen würde.

Als Tamme dem Brief las, weinte er. Es war alles so sinnlos und überflüssig gewesen.

„Mein Liebster", stand dort in Rixas Handschrift. „Wenn Du diesen Brief liest, bist Du doch noch zur Vernunft gekommen, hast dich endlich von dieser Hexe getrennt und lebst unseren Traum.

Es tat mir so weh, dass du dich für sie entschieden hast. Ich mag nicht mehr leben. Aber ich will auch, dass Du nach meinem Tod nicht mehr zur Ruhe kommst und die Fahrten mit Hedwig auf dem Schiff nicht mehr genießen kannst:

Deshalb werde ich ihn auf deinem Schiff so inszenieren, dass du hoffentlich nicht mehr mit Hedwig darauf reisen magst. Im besten Fall wird sie als meine Mörderin verurteilt werden, denn ein paar Spuren werden auf sie hindeuten. Ich werde versuchen, unter ihrem Namen auf dem Seebäderschiff auf die Insel zu kommen.

Ik will, dat ji na mien Dod lieden schöllt un keen bliede Dag mehr mittnanner hebbt."

Dat hett se schafft, dach Tamme. Un dat weer so unnödig ween.

Wenn he doch blots ahnt harr, dat he Johre lang mit een Fruu tohop ween weer, de tominst een umme Eck bröcht harr.

Man Hedwig harr in sien Ogen ok keen witte West bi Rixas Dod. Wenn se em harr gahn laaten ...

Man he sülmst weer ja to bang ween, de Bucht to kriegen.

De Wellerbericht harr för de neegsten Dage 'n swoore Störm anseegt. Avends drunk Tamme een Buddel vunne Rootwien, de Rixa so girn much.

Tiedig anne neegste Morn haute he ut de Haven af, bevör een em dorvun afholen kunn.

He seilte rut op de wiede Atlantik, de Störm entgegen.

Bald wurr he wohl mit sien leevste Rixa wedder tosamen sien ...

Ich will, dass ihr nach meinem Tod leidet und keinen glücklichen Tag mehr miteinander verbringt."

Das war ihr gelungen, dachte Tamme. Und es war so überflüssig gewesen.

Wenn er doch nur geahnt hätte, dass er viele Jahre lang mit einer Frau zusammen war, die mindestens einen Mord begangen hatte.

Indirekt gab er Hedwig auch jetzt die Schuld an Rixa Tod. Wenn sie ihn hätte gehen lassen ...

Doch er war ja selbst zu feige gewesen, die Entscheidung zu treffen.

Der Wetterbericht hatte für die nächsten Tage einen schweren Sturm vorhergesagt. Am Abend trank Tamme eine Flasche von dem Rotwein, den Rixa so geliebt hatte.

Früh am nächsten Morgen verließ er den Hafen, bevor ihn jemand davon abhalten konnte.

Er segelte raus auf den offenen Atlantik, dem Sturm entgegen.

Bald würde er hoffentlich mit seiner geliebten Rixa vereint sein ...

De Schrieverin

Birgit Pauls is boorn in Husum, in Tönn un Kotzenbüll opwussen. Na de School leevte se an veele Steeden in Düütschland. Siet över tein Johr wohnt se weer in Tönn.

Siet 2009 schrivt se Krimis, dem meist in Nordfreesland speelen, seit 2014 gifft se ehr Krimis ok op Platt rut.

Anne Schrievdisch sitt se bi't Schrieven nich girn. Wenn dat Weller mitspeelt un dat nich regent, is se mit ehr Schrievkraam meist anne Haven oder anne Eiderdiik to finnen.

De E-Mail Adress vun ehr is

lesung@toenning-krimis.de

Die Autorin

Birgit Pauls wurde in Husum geboren, ist in Tönning und Kotzenbüll aufgewachsen. Nach der Schule lebte sie an vielen Orten Deutschlands. Seit über zehn Jahren wohnt sie wieder in Tönning.

Seit 2009 schreibt sie Krimis, die meist in Nordfriesland spielen, seit 2014 veröffentlicht sie ihre Krimis auch auf Platt.

Am Schreibtisch sitzt sie bei Schreiben nicht gern. Wenn das Wetter mitspielt und es nicht regnet, ist sie mit ihren Schreibutensilien meist am Hafen oder am Eiderdeich zu finden.

Die E-Mail Adresse der Autorin ist

lesung@toenning-krimis.de